たったひとつの君との約束

～キモチ、伝えたいのに～

みずのまい・作
U35（うみこ）・絵

集英社みらい文庫

ひかりとはじめて出会ったとき、世界が変わった。
１年後の約束を果たせたとき。
私とひかり、ふたりの世界が生まれた気がした。
でも、それは、私が１人でまいあがっていただけだった。
だって、ひかりには、もう、ひかりの世界があって、そこに、私はいないから。
すきと伝えても、拒否されたら、二度と会うことはない。
だって、私とひかりは、学校もちがうし、住む場所もはなれているし、

たしかなつながりなんてなにもないのだから。

目次&人物紹介

明るくてまっすぐな性格。
サッカーが大好き。

大木ひかり

前田未来

小5のときに病院でひかりと出会う。6年生になり、再会。持病がある。

鈴原静香

未来の親友。おしゃべりで服は個性的＆おしゃれ。

クラスメイト。未来に告白したことがある。

藤岡龍斗

大宮まりん

ひかりのサッカーチームのマネージャー。

あらすじ

ひかりとは、5年生のとき病院で出会った。
一年後に会おうって約束をして――
6年生の夏、キセキ的に再会した。

私はひかりと、手紙のやりとりをするようになったの。
熱がでて学校を休んでも、
手紙がいちばんの楽しみ！

だけど最近ひかりからの
手紙がこなくて…
「遠距離片思い」状態。

ひかりの学校の発表会に行った私と静香。
そこで衝撃的なものを見てしまって……!?
（続きは本文を楽しんでね♡）

1章

歌うたびに君を想う

あの日、君と見た花火。

あのとき、君と見あげた夜空。

信じているよ。信じているのさ。

もう一度君に会える日を。


放課後。

クラスのみんなと、音楽室で歌っていると、ひかりとの大切な思い出がよみがえってくる。

歌い終え、ピアノの伴奏とタクトの動きがぴたりと止まると、担任の若林先生が拍手をしてくれた。

「いいぞ、いいぞ、なんかいい感じだぞ。発表会楽しみだな」

私のクラス、6年3組は、学習発表会にむけて、今、合唱の練習をしている。

演劇とかダンスとか、いろいろな意見がでたんだけど、指揮のできる男の子とピアノが上手な女の子がいるってことで合唱になってしまった。

担任の若林先生は、ふだんはしっかりしているんだけど、合唱のことはよく知らないみたいで、「いいぞ、いいぞ」しか言わないから、逆にみんな、やりやすそう。

いまだにダンスがよかったっていう子もいるけれど、私は、合唱でよかったなって思っている。

それは、歌が好きってことではなく……。

「よし、今日の練習はこれで終わり。みんな、車に気をつけて帰れよ」

ランドセルを背負い、いつもと同じく、静香といっしょに帰る。

校門をでて、クラスの子たちが見えなくなると、静香がにやにやしながら言ってきた。

「未来、合唱、けっこう気にいってるでしょ」

「うん。静香はいやなの？」

「うちはお母さんが趣味でボーカルやってるぐらいだもん。歌、嫌いじゃないよ。でも、未来は歌が好きなんじゃなくて、『君との約束』って歌の歌詞が好きなんでしょ？」

静香の言葉に体がかっと熱くなる。

だって、それは、本当のことだから。

私には好きな人がいる。

大木ひかりっていって、サッカーをやっている別の学校の同じ6年生。

どこで出会ったかというと、私には膠原病って持病があって、5年生の夏に入院したの。

そのとき、ひかりは自分のおばあちゃんのおみまいで、病院に来ていて、夜、病室から2人で花火を見た。

そして、来年もいっしょに見ようって約束して、今年も、2人で見ることができて、だから、どうしても、あの歌を歌うと、思いだしてしまう。

「わ、私、ひょっとして、自分に酔って歌ったりしている？」

「みんな、前むいて歌っているんだから、人の顔なんてわからないよ。でも、あの歌詞って未来とひかりみたいだなあって」

未来とひかりみたい。

静香はなにも考えないでしゃべってるんだろうけど、こっちとしては、心臓の音が、とつぜん、速くなってきちゃったんだけど。

「ねえ、未来。ひかりの学校って発表会ないの？」

「あ、どうだろう」

「あるはずだよ。観に行けばいいじゃん。それで、合唱も聞いてもらいなよ」

「ええ！」

静香の提案に、速くなった心臓の音が、今度は急停止しそうになる。

「だって、未来とひかりって遠距離恋愛みたいなもんじゃん。こうなったら、少しずつ、おたがいがおたがいのまわりを紹介して、相手のテリトリーに顔をだしやすくしていったほうがいいんじゃない？」

静香が目をかがやかせながらいっきに話してくれた。

けど、私は、遠距離恋愛という言葉に、うなだれてしまう。

「ど、どした、未来？」

静香が心配そうに私の顔をのぞきこんでくれる。

「遠距離恋愛じゃないんだ。遠距離片思いなの」

「は？」

静香が目をぱちくりさせた。

「最近、手紙も電話も来ないんだよね。こっちは2週間もまえに手紙をだしたのに、なんの返事もない。ひかりって、自分が入院してひまだったりすると、すごく長い手紙くれるけど、サッカーに夢中になっちゃうと、3行ぐらいしか書いてくれないし。そして、最近は、とうとう返事も来なくなっちゃいました」

「未来……」

「私とひかりってさ、冷静に考えてみると、いつ、一生会えなくなってもおかしくない仲なんだ。見えないぐらい細い糸で、ぎりぎりのところでつながっているっていうか。最近は、合唱の練習しているときだけが、歌を通して、ひかりに会える時間みたいになっちゃって。人を好きになるって、出会ったころが一番いいのかもね。ひかりと出会ったときは、世界がきらきらかがやいて、そこから先のことなんてなにも考えていなかったよ」

気がついたら胸の奥にたまっていたものをいっきに吐きだしていた。

静香以外にこんなことを話せる人はだれもいない。

すると、静香が私の体をゆさぶってきた。

「未来、大丈夫？　未来の置かれてる状況とか、気持ちとかよくわかったけど、ちょっと、疲れたおばさんみたいになってるよ。うち、心配だよ」

静香の疲れたおばさんって言いかたがおかしくて、思わず、くすりと笑ってしまう。

けど、ひょっとしたら、初恋って、出会った瞬間と、出会ってからの出来事との二つにわかれてしまうのかもしれない。

「ねえ、未来。ひかりの学校の発表会行こうよ。行ったほうがいいって。まえにうちと未来とひかりと龍斗で遊園地に行ったじゃん。あのとき、ひかり、うちを見て、ああ、この子が未来の親友なんだって、未来のテリトリーにふれた喜びみたいなものがあった気がしたんだ」

「ひかりが？　本当に？　ねえ、さっきも言っていたけどテリトリーって？」

「それぞれを取り巻く世界みたいなものだよ。だから、今度は未来が、ひかりのまわりにふれて、共通の知り合いができれば、一生会えないとか、そういう気持ちへるんじゃない？」

「けど、1人でひかりの学校に行くって、かなり度胸いるよ」

「なに言ってるの！　うちもいっしょに行くに決まってるじゃん」

「ええ、いいの？」

はじけるような大きな声をだしてしまった。

「あたりまえだよ。うちら、親友なんだから」

ひかりに会えるかもしれないという期待、そして、静香のうちら親友っていう言葉にテンションがどんどんあがっていく。

もし、ひかりのまわりの子たちと友だちになれたら、しかも、そのとき、となりに静香がいてくれたら……想像しただけで胸がいっぱいになってくる。

「私、家に帰ったら、ひかりの学校の発表会のこと調べてみる」

「うん、そうしなよ」

私たちは手をふり、別れた。

家に帰ると、リビングのテーブルにお母さんの使っているノートパソコンがあった。
ランドセルをソファに置き、ひかりの小学校のホームページを見ようとパソコンを立ちあげる。

どきどきしながら検索すると、「次の日曜日、学習発表会です！　みんな来てね！」という文章が目に飛びこんできた。

これ、ひかりの学校のホームページだよね。まちがいないよね？

なんだろう、ひかりの学校のホームページを、次の日曜日、学習発表会っていう文章を読んでいるだけで、心臓の音がどんどん速くなっていくんだけど。

どうしよう、思い切って電話してみようかな？

けど、手紙の返事も来ないうちに電話するって、しつこく思われちゃうかな？

まえに一度だけひかりの家に電話したことがあるんだけど、妹の瑠璃子ちゃんがでてきて、あわててへんなこと言ったことがあって。

やっぱり、電話はしづらいなあ。

そう思いながら、部屋のすみにある電話をながめていると……。

トゥルルルル。

いきなり、着信音が鳴り、びくりとした。

立ちあがり、近づくと、発信者番号が……？　これ、たしか、ひかりの家の番号じゃあ？

飛びつくように受話器を取った。

2章
遠距離片思い

「はい、前田です」

「あ、未来？」

受話器を耳に当てると、まちがいなく、ひかりの声だった。

ひかりの声を聞くのは植物園で会って以来で、もう一ヶ月は経っている。

ふだんの生活で、いろんな人に「未来」って呼ばれるけど、ひかりの声で言われる「未来」って、他のとはぜんぜん、ちがう。

もう、それだけで、心がぎゅっとつかまれてしまう。

「い、いきなりかかってきたから、びっくりしちゃった」

高鳴る心臓をおさえて、なんとか、声をだした。

「わりい、おどろかせちゃった？　あ、今、だれもいない？」

「いないけど、ひかり、あわててる？」

「う、うん。あの、とにかく、手紙ありがとう。ごめん、返事書けないで」

「どうしたの？　なにかあったの？」

受話器をぎゅっとにぎりしめる。

「いや、なんつうか、忙しいんだよ」

「忙しいってサッカーの練習？　あ、ひょっとして、発表会の練習？」

「なんで、知ってるんだよ！」

受話器から、すごく大きな声が聞こえてきた。

そんなに、おどろくことかな……？

あ、でも、発表会を控えているって、今、私が勝手に調べたことで、ひかりが教えてくれたわけじゃないもんね。

これって、ひかりからすると、気分悪いかもしれない。

どうしよう、観に行きたいって言いにくくなっちゃった。

「あ、あのね、私も、発表会の練習をしていて、それで、そうかなって」

「そうか、どこでもそうなんだな。だれが、こんな行事考えたんだろうな？　おれは運動会が好きなんだよ。まあ、とにかく、それで、どたばたしていて、終わったら、返事書くって言いたかったんだ。じゃあ」

ひかりが電話を切ろうとする。

「待って！」

とっさに声がでてしまった。

心臓が音を立てる。

どうする？　言っちゃう？

「あのね、ひかり。私、発表会観に行きたい」

「え」

その「え」って声は小さいけれど、力があった。

どういう意味の「え」なのかな？　急にこわくなってきたんだけど。

「観にって、うちの学校に来るってことかよ」

「そうだけど……困る？」

いやなのかな？　でも、サッカーの試合を観に来てくれって、ひかりからさそわれたことがあったよね。だったら……。でも、男の子からすると、サッカーと発表会はちがうのかもしれない？

「だめだ、絶対に来るな」

それは、すごく力のこめられた断りの言葉だった。

あまりの力強さに、きっぱりとした断りに、こっちは声もでない。

「あ、あのな。おれ、サルの役なんだよ」

「え……」

「こ、声とかさ、サルの真似するんだよ。格好悪いから、だれにも、特に未来には観られたくないんだよ」

「あ……」

意外すぎる理由で私は、またしても反応ができなかった。

心の底では、この機会を逃したら、じゃあ、いつ会えるの？　って言いたい。

でも、それって、つきあっているとか、彼氏彼女とか、そういう間柄じゃないと、口にしてはいけないことだ。

「未来、絶対に来るなよ。じゃあ、また！」

そこで電話は切れた。

絶対に来るな……か。

受話器を置き、がっくりと肩を落とした。


ひかりに電話を一方的に切られた翌朝。

「それは照れかくしだよ！」

「え、て、照れかくし？」

学校に行く途中、静香に会ったので、昨日のことをざっと話すと、ひかりと話したとき以上に、意外な答えがかえってきた。

「つまり〜、ひかりは『サルの役ははずかしい、けど、本心ではおれの一生懸命なところ、未来にみてほしい』ってかんじなんじゃない？」

「でも、絶対に来るなって、すごく強く言ってたんだけど」

「そう言いながらも、心のどこかで、来てほしいって気持ちもあるって」

そうなのかな。

だったら、うれしいけど、行っていいのかな？

「で、未来はどうなの？」

「どうって？」

「行きたいの、行きたくないの？　いや、サルをやってるひかりに会いたいの？　会いたくないの？」

「それは、もちろん」

会いたい！　サルだろうが、キツネだろうが、役の問題ではなく、お芝居だろうがダンスだろうが、なんでもいいから、ひかりを見たい。

って、いっきに言いそうになったけど、心の中でしゃべるのが精一杯だった。

「うわあ、行きたくてたまらない顔をしてる」

静香にからかわれ、顔がかっと熱くなる。

「やだ、そ、そんな顔にでている？」

「うん、たっぷりと。よし、決まり！　2人で行っちゃおう」

「ありがとう。静香がいなかったら、つらいだけの遠距離片思いになるところだった。これまでどれだけ静香の明るさに助けられたかわからないよ」

「なあによ、急にあらたまっちゃって」

静香が笑いながら肩をたたいてきた。

けど、ふと、表情がかわる。

「でもさ、未来、考えようによっては、近距離片思いもつらいよ」

「え？」

「だってさ、同じクラスに好きな男の子がいて、ぜんぜん相手にされないとか、その男の子は自分じゃない子をいつも見ているとかって、それはそれでつらくない？　そりゃ、毎日会えるけど、会えるぶんつらいかもよ」

「そっか。私、初めて好きになった人がひかりだから、同じクラスに好きな男の子がいるっていいなって考えていたけど、そういうつらさもあるのかな？」

「未来みたいにはなれていているけど、手紙や電話で交流するってのも悪くないと思うよ。好きな男の子から電話がかかってくるとか、手紙をもらえるとか、ふつうの小学生にはなかなか経験できないことだもん」

静香の話は、説得力があった。

今、この瞬間のノリの話ではなく、静香はふだんから私の話や、ひょっとしたら、クラスの女の子たちの片思い話を聞いて、私とひかりのことをそう思っていたのかも。

「じゃあ、静香、日曜日は、私につきあってくれますか？」

わざと大人ぶってお願いすると、静香も合わせて答えてくれた。

「はい、おまかせください、未来さん」

そして、おたがい、どっと笑いあう。

あとから、思えば、私がもう少し冷静だったら、このとき、静香の本心に気づくこともできたのかもしれない。

でも、私は、ひかりに会えるってことがうれしくてたまらなくて、そのことしか考えられなかった。

3章　あなたを愛してしまったのです

日曜日。ひかりの学習発表会の日がやってきた。

駅で静香を待っている間、私はいろんなことを考えてしまった。

サルの役ってどんなふうにやるんだろう。

お面とかつけるのかな？

ひょっとしたら、ちょっとでて笑われるだけの役なのかもしれない。

けど、私はひかりに「よかったよ」と声をかけてあげたい。

ひかりは、「来るなっていっただろ」っておこるかもね。

でも、おこりながらも、内心では喜んでくれるのかもしれない。

そして、これは本当にひょっとしたら、ひょっとしてだけど、私が静香を紹介したように、ひかりも私とクラスの友だちを会わせてくれるのかも。

ひかりは、私をなんて紹介してくれるんだろう。

「未来、おまたせ」

現れた静香は、Gジャンに花柄のミニワンピースという、とてもかわいらしく注目を浴びそうなスタイルだった。

「未来、なんだか、すごくふつうな服だけど、ひかりに会うんだから、植物園行ったときみたいに、大人っぽくしなくていいの？」

カーディガンにスカートの私は手をワイパーのようにふる。

「いきなり、ひかりの学校に行っちゃうわけだから。どんな展開になるかわからないし。いかにも気合をいれましたは、やめたほうがいいかなって」

「なに、弱気になってるの！　いい展開になるに決まってるよ。ひかりは絶対に『なんだよ、未来きちゃったのかよ』って照れながら喜ぶって」

静香がそう言ってくれると、本当にそういう展開になる気がして、私たちはきゃっきゃとはしゃぎながら改札をぬけ、電車に乗った。

駅におりると、掲示板に地図もあったし、以前、ひかりがこの町の病院に入院したときに、そこの屋上から学校を見たことがあったので、方角はすぐにわかった。

道すがら、生徒の家族らしい人たちがけっこういて、静香がひじでつついてくる。

「未来、この中にひかりの家族もいるかもよ」

どきりとした。

ひかりのお母さんや、お父さんも、今日、来るのかもしれない。妹の瑠璃子ちゃんも。

もし、ひかりの家族と会うことになって、ひかりに手紙を送ってくるのが私だってわかったら、どうなるんだろう。

どうしよう、急に緊張してきたんだけど。

でも、気づいたら、もう、校門の前まで来てしまい、今度は、ああ、これがひかりの通っている学校なんだと胸が高鳴りだした。

ひかりは、このグラウンドを走り、プールで泳ぎ、あの下駄箱でくつをはき替えているんだ。

つまり、ここから先は、ひかりのいつものテリトリーってことだよね。

「ねえ、静香。勢いでここまで来ちゃったけど、はいっていいのかな？」

「ここまで来て、今さらなに言っているの？　ほら行くよ」

静香にひっぱられながら、校門をぬけ、体育館にむかった。

そのとき、校舎と校舎の間、わたり廊下を歩く女の子が見えた。

その子は、服はジャージなのに、髪はパーティーのようにアップになっていて、ちぐはぐさが私たちの目をひく。

「ぷっ！　へんなの」

静香が吹きだす。

けど、すぐに私たちは同時に「あ」と声をだした。

今の子、ひかりのサッカーチーム、ファイターズのマネージャー、大宮まりんさん？

そういえば、ひかりと同じクラスだっけ。

見えたのは、一瞬で、大宮さんはすぐに、校舎にはいってしまったけれど、まちがいないんじゃないかな。

いつも、ポニーテールだから、わからなかったけれど、きっとそうだ。

「あのマネージャー、お姫様でもやるのかな？　ひかりはお城のまわりに住むサルとか？　なんか、おもしろそうじゃん」

「そ、そうだね」

大宮まりんさんとは、ひかりが怪我で入院したときに病室で会ったことがある。はきはきしていて、健康的で、ひかりが憧れているプロサッカー選手の妹さん。そして、ファイターズのために、ひかりのために、一生懸命マネージャーをやっている。

妙な胸騒ぎがした。


体育館では、すでに6年2組の発表会がはじまっていた。

ひかりは私と同じ3組だから、きっと、次だ。どきどきしてくる。

体育館は、外履きでもそのままはいれるようにシートが敷かれてあり、私と静香はうしろのほうの、空いていたパイプいすにならんで座った。

舞台上では2組の子たちが「戦争について」という自分たちで調べたことを発表していた。

広島や長崎でたくさんの人たちが原爆の犠牲になり、そのあとも、私たちには想像もつかない苦しみが続いたことを、すごく真剣に語っていて、私も、いつもおしゃべりな静香も、身をひきしめて聞いてしまった。

終わったあとも、体育館全体の空気はひきしまっていたけれど、「次、6年3組、ロミオとジュリエット、ニューバージョン」というアナウンスに、くすくすという笑い声がもれだした。

ロミオとジュリエットって、え……、そんなのやるんだ。

たしか、悲劇のラブストーリーで、サルってどこででてくるんだろう？

体育館が一度まっくらになり、となりの静香が「わくわくするね」とささやいた。

わくわくより、私は、どきどきかな？

そして、ぱっと電気がついた。

うそ……、どうして？

舞台上には私の想像もしなかった光景が広がっていた。

「でた〜、ロミオ様」

「まじかよ、本当にロミジュリだよ」

客席のあちこちから、ちゃかしているのか、興奮しているのか、その両方なのかという声がとびかう。

ひかりは、手作りなんだろうけど、よくできている昔のヨーロッパの貴族のような服を着て、片膝をつき、ななめ上を見あげていた。

その視線の先には、段ボールでできた、バルコニーがある。

しかも、そこには……さっき、わたり廊下で見かけた大宮まりんさんが、ドレスを着て、立っていた。

私は、ぎゅっと膝の上の手に力をこめる。

ロミオとジュリエットって、ひかりと大宮まりんさんが演じるの？

ひかり、サルの役なんじゃなかったの？

私の動揺など、無視するかのように、ひかりが、ロミオがしゃべりだした。

「おお、うるわしのジュリエット。ぼくは、あなたを愛してしまった。この想い、一体どうしたらいいのでしょう」

その瞬間、体育館はさらに大騒ぎになった。

「愛してるだって〜」

「すごくない？」

「どうするんだよ、ジュリエット〜」

私は、なにがなんだかわからなかった。

一つだけはっきりとしているのは、ひかりは一生懸命しゃべっていた。

上手いとか下手とかはよくわからないけど、かなり熱く声をだしていた。

そして、バルコニーの上の大宮さんがしゃべりだす。

「私もロミオ様を愛しています。神様に誓います」

すると、またもや、客席からいろんな声が聞こえだす。

「両想いじゃねえか」

「本当にお芝居なの〜」

見えるもの、聞こえてくる声、すべてを否定したかった。

近眼だったら、よかったかも。耳の穴にゴミでもなんでもいいからなにかつまってくれ

ていれば、もっとよかったかも。

このまま、ここに座っているしかないの？

「未来」

静香が私の手をにぎってきた。

にぎられて、わかった。私の手、ふるえているんだ。

「お芝居だからさ」

静香が苦笑いをした。

がんばって「そうだね」と、笑うと、大宮さんの声が聞こえてきた。

「ロミオ様、私の家族とロミオ様の家族は憎しみあっています。どうすればいいのですか？」

「まわりは憎しみあっていても、僕たちは愛しあっている。それで、いいじゃないか」

「ああ、ロミオ様」

2人は、手を伸ばしあう。

距離が離れていて、手を取りあうことはできないけれど、心はつながっているって演出だ。
ひかり、どうして、サルだなんて言ったの？
それは、ウソで、本当は大宮さんとロミオとジュリエットやるんじゃない！
ひどい、ひどすぎる。
「未来、でようか？」
静香が耳もとで心配そうにささやいてきた。
私もそうしようかと思ったんだけど、首をふり、顔をあげた。
ここででて行ったら、なんだか、負けたみたいでいやだ。
スカートをぎゅっとにぎりしめ、さいごまで観ると、自分の心にちかった。

4章

ロミオとジュリエット

舞台は、街やロミオの家、ジュリエットの家と、どんどん場面がかわっていく。

ロミオとジュリエットのおたがいの家族は仲が悪く、争いが絶えない。

いつ、どっちがどっちを剣でさしてもおかしくない状態だ。

そして、また、ロミオとジュリエット、2人だけの場面になった。

舞台上はなにもなくなり、まっくらのなか、真ん中に白いライトがあたる。

ひかりと、大宮さん、いや、ロミオとジュリエットはそのまばゆいライトの中で、手と手をとり、見つめあっていた。

「ジュリエット、父を説得します。結婚しましょう」

「ロミオ、私たちの家族は憎しみあっているけど、私たちは愛を貫きましょう」

2人の真剣なセリフのやりとりに、からかいや冷やかしはもう、聞こえてこず、体育館はしんと静まっていた。

ここにいる全員が、となりに座っている静香までもが、このお芝居に夢中になりだしている。

私は、この静まった体育館の雰囲気がとてつもなくいやだった。

たえられなかった。

くだらない意地をはらないで、静香に言われたように、席を立てばよかったんだ。

でも、もう、体中が金縛りにあったみたいで、それすらもできない。

心臓はいやな音を立てつづけ、もし、このまま……2人が、抱きあったりしたら、どうすればいいんだろうなんていう、下品なことまで考えてしまって、そういう自分もたまらなくいやだった。

しかし、そうはならず、街の場面になり、ほっとした。

けど、この街の場面で物語は急展開をみせる。

ささいなことが原因で、ロミオのお父さんとジュリエットのお父さんがけんかになり、ロミオのお父さんが剣でジュリエットのお父さんの心臓をさしてしまったのだ。

バタン！

ジュリエットのお父さんが地面にたおれ、大騒ぎとなり、また舞台上はまっくらになった。

となりの静香が「ちょっと〜、これじゃ、2人、結婚できないじゃん。どうするのよ〜」と小声で騒いでいる。

「あ、ごめん、未来。そ、そうだよね、ロミオとジュリエット、別れたほうがいいよね」

静香が私に気をつかい、頭をかいていた。

私は苦笑しながら、静香の言葉にうなずいてしまった。

ロミオとジュリエット、お願い、結婚しないで。

それだと、まるで、ひかりと大宮さんがむすばれてしまうような気がしてしまう。

それからは、ちょっとコメディっぽいシーンになった。

ジュリエットの家族がジュリエットを自分たちに都合のいい相手と結婚させようとするんだけど、その相手が三枚目で、キャラクターとして強烈だった。

服は貴族っぽいけど、ぱっつん前髪のかつらをかぶり、ぺろぺろキャンディーをべちゃべちゃなめて登場してくる。

ジュリエットが「こんな人いや〜」と叫ぶと、体育館にどっと笑いが起き、少し気楽になれた。

そうだよ、しょせん、これはお芝居で、ひかりもロミオをやるって照れくさくて言えなかったんだ。

きっと、そうだ。

けど、ウソつかなくても……。そして、相手が大宮さんっていうのが……。

舞台はラストにむかいはじめた。

ふたたびバルコニーのシーンになり、ロミオとジュリエットの語らいがはじまった。

私は体に力をいれながら、続きを観る。

「ロミオ様。もうだめです。このままだと、別の男と結婚させられてしまいます」

「なんだって、そんなことさせるものか。ジュリエット、その美しい髪にも清らかな唇にも、そんな下劣な男に、絶対にふれさせない。しかし、ぼくの父は、君のお父さんを殺めてしまった」

「親同士のことなど、関係ありません！　私をつれて、逃げて！」

するど、ひかりは、ロミオはどこからか小さなはしごをもってきて、大宮さんを、ジュリエットをやさしくおろす。

2人で手をつなぎ、舞台のはしに消えていった。

われんばかりのたくさんの拍手が2人に送られた。

私はたまらない気持ちになってきた。

だって、まるで、2人がそのまま私の目の前から消えてしまったみたいで。

しかも、お芝居はそこで終わりじゃなかった。

さいごに、ひかりと大宮さんは、タキシードとウェディングドレスに着がえて、登場し、舞台の真ん中でくるくるまわりだす。

そのまわりには、いろんな動物のお面をつけた子たちが登場し、ダンスを披露した。

どうやら、2人は家族を捨て、どこかの森で結婚式をあげ、ここで暮らしていくってことみたい。

本当のロミオとジュリエット、とはちがう明るいラストにみんな大喜びだった。

喜んでいないのは、この体育館の中で私だけだ。

すると、追い打ちをかけるようなアナウンスが流れだした。

「誤解のないように二つ説明しておきます。まず、一つ、私たちがやりやすいように、かなり話を変えてしまいました。天国のシェークスピアさん、ごめんなさい。そして、二つ目。実際の大宮家と大木家はお母さん同士が大の仲よしで、同じヨガ教室に通い、そのあと2人でランチを食べ、ぜんぜん、やせないわねーと嘆いているそうです」

みんな、どっと笑いながら拍手をつづけた。

私は魂の抜けた人形のように手をたたく。

そうなの？　ひかりのお母さんと大宮さんのお母さんって仲いいの？

静香が、拍手をするのをやめ、肩に手を置いてくれた。

「さすがのひかりも、おれ、ロミオやるんだぜーとは、言えなかったんだよ」

「そうだよね」

がんばって笑ってみたものの、だれかにポンと背中を押されたら、涙があふれだしそうだった。

そのあとは、5年生の合唱、そして、さいごは校長先生からの講評だった。

うちの学校ではないんだけど、この学校では、最優秀賞と優秀賞が選ばれるみたいで、ひかりのクラスは最優秀賞に選ばれ、ウェディングドレスとタキシード姿で2人が賞状を受け取ると、体育館は、耳が痛くなるぐらいの大騒ぎになった。

私は別に悪いことをしたわけじゃないのに、下をむいたまま、こそこそとこの場からはなれたくなった。

ひかりの通っているこの学校から、さっさと逃げ、電車に乗って、1秒でも早く、自分の住んでいる町にもどりたくなった。

「未来、ひかり、体育館からでていったよ。声、かけよう」

「いいよ」

「でも、せっかく来たんだから」

「なんて声かけるの？　『ロミオ様、サルの役ではなかったんですか？』ってきいちゃうわけ？」

「未来……」

静香が困っている。

しまった。私、今、そうとう、いやな顔しているんだろうな。

ジュリエットとは、大宮まりんさんのかがやいた表情とは真逆の、暗くて湿った表情を。

「帰ろう、静香。今日はつきあってくれてありがとう」

ふりきるように、立ちあがり、ぞろぞろと体育館をでていく観客の列に、私と静香もまぎれこむ。

体育館をでたら、そのまま帰るつもりだった。

なのに、神様はいじわるだ。

体育館のわきに、タキシードとウェディングドレスのままのひかりと大宮さん、それをかこむように、その他の役の子やクラスメイト、その家族がいた。

ひかりのサッカーチームで見た男の子も。

「やめろ、西野、おれの写真は撮るな」

「撮らせてくれよ～、キャプテン、じゃない、ロミオ様。これはファイターズの集合写真より貴重でしょ」

西野っていう苗字の丸刈りの男の子が、デジカメで、ひかりや、ひかりと大宮さんを楽しそうに撮っていた。

大宮さんは半分いやがっていたけど、残り半分、うれしそうだった。

「ひかり、よかったよ。サッカー以外も頑張れるんだね」

「母さん、一言多いんだよ。だからやせないんだ」

「言ったな。今、まりんちゃんのお母さんと通っているヨガ教室に、絶対にやせるヨガってプログラムができて、参加することにしたんだから。みちがえちゃうよ」

そこにいる全員がはじけるようにどっと笑った。

あれが、ひかりのお母さん?

うしろ姿しか見えないけど、太陽のような明るさが声と背中から伝わってくる。

「けど、まりんちゃん、きれいだよ。今は、真っ黒けになって、バカ男子の面倒を見てくれているけど、大人になったらお兄さんみたいにかっこいい人と結婚するんだよ」

「バカ男子ってなんだよ。おれのことかよ」

ひかりがむくれ、さらに笑い声は大きくなる。

そのとき、西野君って子が言った。

「ひかりががんばって、プロになって、このままゴールインでいいじゃん」

その言葉に、そこにいる人たち全員が、ヒューヒューといっきに盛りあがった。

ひかりと大宮さんのまわりは太陽のように明るいけれど、私は1人、まっくらな小さな部屋に閉じこめられたみたいだった。

どうしていいのかわからない私に、さらに追い打ちをかけるような声が聞こえてきた。

担任の先生らしき女の人が、笑っているひかりのお母さんにこう言った。

「ロミオをやる子がだれもいなかったのに、大木君、おれやる！　って立ちあがってくれたんですよ」

ひかり、そうなの？

それって、まさか、大宮さんがジュリエットやるから？

私は、たえられなくなり、走りだそうとすると、静香にうでをつかまれた。

「未来、もう少ししたら、大勢での会話は終わるよ。もう少し待って、やっぱり、ひかりに声かけて帰ろうよ」

「いいって」

うでをふり払おうとしたら、静香が転びそうになってしまった。

「うわわわ！」

あわてておさえる。

「ごめん、静香」

「いやいや、助かったよ、未来」

そのとき、かすかに視線を感じた。

それは、人の輪をつらぬいて、確実にこっちを見ていた。

視線を感じる方向におそるおそるふりむくと、ひかりと目が合った。

ひかりは友だちにかこまれながら、「どうして？」と強くおどろいた目をしていた。

私はもう、走って逃げるしかなかった。

その逃げかたは、まるで万引き犯みたいで、すごくみじめだった。

「未来！　ねえ、未来！　今、ひかりに気づいてもらえなかった？」

静香が追ってきてくれたけど、なにも答えられない。

校門を目指し走り続けると「ロミオとジュリエットよかったね」「あの2人ってすごい仲いいんでしょ？」「大人になったら本当に結婚しそう」とか、私が聞きたくない声ばかりが聞こえてきて、すべてがたえられなかった。

ここに来るまでは、ひかりに、ひかりの友だちを、家族を、紹介されたらどうしようなんて、緊張したり、舞いあがっていた自分がはずかしくてたまらなかった。

5章 涙の電話

その夜はお母さんが仕事でおそく、1人ぼっちの夕食だった。

ひかりから逃げるように電車に乗り、いつまでもショックをひきずっていると、さそってくれた静香が責任を感じてしまうと、一生懸命明るくしゃべりしながら帰ってきたんだけど……。

家で1人になると、その反動で、どんよりとしてきた。

お母さんが、時間のあるときに作って冷凍していた、クリームシチューをレンジで解凍し、あとは自分でトマトを切って、リビングのテーブルにならべ、ソファに座った。

いつもなら、ごはんはダイニングテーブルで食べるんだけど、テレビでも見ながらじゃないと、たえられない。

テレビでは、イクメン特集がやっていて、働きながら、お母さんと協力して育児に奮闘するいろんなお父さんが次々に紹介されていた。

私にはお父さんがいない。

小学校にはいるまえ、小さかったころに、事故で死んでしまったから。

だから、お父さんのこと、ほとんど覚えていない。

こういうとき、目の前にお父さんがいたら、なんて言ってくれるんだろう。

「未来、暗いな？　なにかあったのか」とか、お母さんとはちがう、男の人の声で心配してくれるのかな？

静香のお父さんは、静香が暗いと、心配して、お笑い芸人の真似をして、笑わせてくれるんだって、言っていたっけ。

いいな、そういうの。

私だって、病気で入院していたとき、すごいひねくれたことしたのに、ひかりは、おみくじ持って、病室まできてくれたんだから。

やさしくしてくれる人いるんだから。

でも、そのひかりに、私はウソをつかれた。

おれたちにウソはないって約束したのに破られたんだ。

体育館の外でみんなにかこまれていたひかりと大宮さんが思いだされる。

シチューは半分も食べられなかった。


翌日、月曜日。

学校に行って、授業を受けても、休み時間に静香やクラスメイトとしゃべっていても、昨日のロミオとジュリエット、体育館のそばで私に気づいてくれたひかりの目が、常に頭の片すみにあった。

合唱の練習でも大好きだった歌詞が、君と見た花火ってところがすごくつらくて、そこだけ声がでなかった。

授業が終わり、帰宅すると、スイミングスクールに行くしたくをはじめた。

そういえば、水泳をやろうとしたのも、ひかりと大宮さんがきっかけだっけ。

ひかりが怪我したときに、病室で、大宮さんに、「ひかりの怪我とあなたの病気とはぜんぜんちがう。ひかりにはサッカーっていう目標がある」って言われて、頭にきて、持病があっても、できる水泳をはじめたんだ。

そこで私と同じ持病があるのに、きらきらとかがやきながら水泳の指導員をやっている安奈先生にも出会えて、勇気をたくさんもらえた。

そう考えると、大宮まりんさんって、数回しか会っていないのに、私の人生に、すごい影響をあたえてくれちゃっているのかも。

スイミング用のバッグに必要なものをつめて、玄関でくつをはこうとしたときだった。

トゥルルルル。

リビングから電話の着信音が聞こえてきた。

ある予感がして、はきかけのくつをぬぎ、リビングに走っていった。

電話の前に立つと、着信者番号は、やっぱり、ひかりの家の番号だった。

ひかりの声が聞きたい。

けど、なぜか、受話器がとれない。

ひかりと話したくてたまらない気持ちと、絶対に話したくないという二つの気持ちが心の中で戦いだす。

着信音は鳴り続けるけど、こっちの答えがでない。

どうする？　逃げる？

けど、逃げても、ここで電話にでなかったら、後悔しそうでこわい。

体にぐっと力をいれて、受話器をとった。

「はい、前田です」

ひかりはなにを言ってくるんだろうと、こわくて目を閉じる。

「あ、未来」

「うん、そうだけど」

ひかりの声は、せっぱつまっている感じがした。

せっぱつまっているのは、こっちだよと、目を開けた。

「あ、あのさ、発表会、観に来てくれた……よな？」

「ごめん。来るなって言われたのにね。私も発表会の練習をしているから、参考になるかなって、静香といっしょに行っちゃった」

　ウソだ。

ひかりにちょっとでも会いたいから、少しでも顔を見たいから、声を聞きたいから、だから、行ったんだ。

「そっか。あ、あの芝居、へんだったろ。まわりのやつらに、無理やりロミオにさせられてさ。本当は、さいごにでてくる、動物たちのどれかがやりたかったんだよ。だから、未来に、サルって言っちゃったっていうか、なんていうか」

胸にちくりとなにかがささった。

無理やり……？

ひかりのクラスの先生、ひかりが、自分から、立ちあがったって言ってたよね。

私は勝手に想像した。

ひかりのクラスのホームルーム。

ロミオとジュリエットをだれもやりたがらない。

ひかりと大宮さんはアイコンタクトをする。

それは、サッカーの練習でもいつもしていること。

ひかりが立ちあがり、続いて大宮さんも手をあげる。

教室中から「あの2人ならお似合い」と喜びの声があがる。

「未来、おい、聞いてるか」

「聞いてるよ。そうなんだ。それで、サルだって私に言ったんだ」

「ま、まあ……」

ひかり、ぼそぼそしていて、なにしゃべってるかわからないよ、らしくないよ。

こうなったら、はっきりと本当のことを言って。

おれはロミオがジュリエットを好きなように、大宮まりんのことが好きで、そこを私に見られたくなかったと。だから、来るなと言ったと。

でも、そこまでは言えなかった。

だって、本当にそう言われてしまったら、たえられない、こわい。

「ひかり、まえにさ、おれたちは、はなれているけれど、ウソはなしって言ったよね」

「え……。ご、ごめん。ウソっていうか、あれは、つい、その、」

「もういいよ」

「ちょ、ちょっと、待てよ」

「あれはとか、ついとか、そのとか、いいかげんなことを言う人も、ウソをつく人も私はきらい！」

ひかりの声が聞こえたけど、無視して受話器をおき、スイミング用のバッグを持って、玄関でくつをはいた。

なにをやっているんだろう。

私にやさしくしてくれた人、ひかりをあたえてくれた、この世で一番好きな人。

なのに、一度も好きと言えないでいて、いつかそういうときが来たらと思いながら、まさか、そのまえに、まぎゃくのことを言ってしまうなんて。

もうだめだ。

ひかりは今ごろ、冗談じゃない、おれだっておまえが大きらいだって電話の前でおこっている。

涙をふり切るように、スイミングスクールにむかった。

6章　おたがいの気持ちの確認

それからはなんだか、バカみたいな毎日だった。

ひかりに電話で、あんなひどいことを言ったくせに、毎日、郵便ポストをのぞいたり、電話が鳴るたびに、ひかりかも！　と走って、受話器をとったり。

だったら、あんなこと言わなければよかったのに。

さっさと、自分からあやまりの手紙とか書けばいいのに。

私って、じつはわがままだったり、ひねくれたりしているのかな？

人を好きになるって、ひょっとしたら、いいことよりも、自分のいやな部分をつきつけられることのほうが多いのかもしれない。

そして、毎日、うじうじすごしていたら、熱がでた。

お医者さんによく「病は気からって本当なんだよ。できるだけ、楽しいこと考えて毎日をすごしてね」って言われていたけど、そんなふうにはいかないよ。

今日は土曜日で、授業も少ないから、学校は休み、部屋で大人しく寝ていることにした。

お母さんは、仕事でいない。

私はベッドからでて、引きだしからペンケースを取りだした。

そこから、おみくじを取りだす。

未来　想いが叶う名前。

これは、ひかりと出会ったときにもらったもので、名前でひくおみくじ。

けど、私は想いを叶えるどころか、自分でその想いを壊してしまったようなもので。

なにやっているのよと、うなだれたとき。

玄関のチャイムが聞こえた。

時計をみると、もうお昼。

ベッドからおりてカーディガンをはおり、階段をかけおりる。

この時間に来てくれる人といえば！

期待に胸をふくらませ、玄関のドアを開けると、そこには静香がいた。

「未来、具合どう？」

「大したことないの。静香が来てくれたから、もう治ったようなもん」

「本当は、ひかりが来たほうが治るんじゃないの～？」

いつもなら、「そんなことないよ」ってすぐにかえせるけど、うまくできず、静香はそんな私をじっと見ていた。


「あちち、ふーふー」

静香がカップヌードルを手で持ち、口で冷ましながら、ずるずるとすすった。

学校帰りによってくれたから、まだ、ごはん食べていないんだって。

「未来の家はいつも、シーフードだね。うちは親がカレー味ばっかり買ってくる。未来、食べないの？」

「食欲なくて。オレンジジュースで十分」

「じゃあ、うちが未来の分も食べてあげるね」

私は、静香が来てくれたこと、そして、今、となりに座ってくれていることが、うれしかった。

つらいことはいやだけど、つらいときにだれかが来てくれるって、すてきなプレゼントをもらえた気持ちになれる。

「で、その後どうよ？」

静香がソファの上であぐらをかいた。

「え？」

「わざとらしくおどろくな。ロミオとジュリエットのあと、電話とか手紙とかあった？もしくは、未来からそういうことしたとか？」

私は一瞬、黙ってしまった。

でも、少しずつだけど、静香にぜんぶ、話した。

「えー！　きらい！　って言って切ったの？」

静香はすごくおどろいていた。

「うん」

こくんと首を動かす。

「だって、むこうから、電話くれたんでしょ？　ひかりだって、うわあ、ウソがばれちまったって、あわてて、パニくって、一生懸命電話してきたんじゃない？」

「そうなのかな」

「そうなのかなって。未来、ぜいたくだよ！」

私は静香の意外な意見に顔をあげる。

「ぜいたく……？」

「そうだよ。大体、ふつう、小学生って好きな男の子がいても、電話も手紙も、もらえないんだよ。しかも、ひかりは、未来のこと気にかけて、電話してくれたんじゃん。自分が幸せってこと、わかってないよ」

静香の言葉におどろく。

すると、静香は、あわてて、言葉を足した。

「ま、まあ。未来の気持ちもわかるよね。ひかりになにか言ってやりたくもなるよね」

静香は自分が興奮したことをごまかすように、スープを飲むと、こう言ってきた。

「未来、ずばり聞いちゃうけど、ひかりと、おたがいの気持ちの確認みたいなことしたことある？」

「だから、その、告白みたいなことだよ」

「気持ちの確認？」

その瞬間、顔が熱くなり、首を横にふった。

「うち、未来の話聞いていると、ウソつかれたより、そっちが問題なんだと思う。未来は、むこうの学校であのマネージャーとひかりが、本当にあのお芝居と同じような仲なんじゃないかって想像しちゃって、それがこわいんじゃない？　もし、私とひかりはおたがい好きなんだっていう確信があれば、ひかりがついたウソも、むしろ、自分に見てほしくなかったっていうのは、自分のことが好きで誤解されたくなかったんだって、いいほうに受け止められるんじゃないかな？」

飲んでいたオレンジジュースをテーブルに置く。

氷が溶けて、カランと音を立てた。

静香の言うとおりだ。

本当はウソをつかれたことがつらかったんじゃない。

ひかりが大宮さんと、友だち以上の仲なんじゃないかって、こわくてたまらなくて、けど、どうしていいかわからないから、ひかりがウソをついたってことを理由にひかりにおこるしかなくなってきちゃったんだ。

「静香ってすごいね。その、とおりだよ」

「そりゃ、うちだって、女の子ですから、繊細ですからね」

静香はカップヌードルを食べ終えると、満足そうに容器をテーブルに置いた。

「どうすればいいと思う？」

横目でおそるおそる静香の答えを待つ。

「ここは、やはり、好きという二文字を言うしかないのでは……」

コップの氷が溶けて、また、カランと音がした。

7章　真夜中のラブレター

静香がおみまいに来てくれたその夜、よく眠れず、目が覚めてしまった。

時計を見ると、午前1時。どうりで、静かなわけだ。

ベッドからでて、カーディガンをはおり、真夜中という、あまり経験したことない独特の雰囲気にのまれるように、机にむかい、引きだしから便箋を取りだした。

ふるえながらペンをにぎる。

ひかりへ

私は、あなたのことが好きです。

5年生の夏休み、病院でひかりのことを看護師さんに言いつけて、いやな気持ちにさせてしまったのに、夜、病室におみくじを持ってきてくれて、いっしょに花火を見て、あのときから、ずっと好きです。

おおげさに思えるかもしれないけれど、ひかりに出会えて、私は、私が見ている世界は大きくかわりました。

名前の通り、私の暗闇に希望をあたえてくれたひとすじのひかり。

私は世界で一番あなたが好きです。

未来より

いっきに書き終えると、体中の血液が逆流しそうになってきた。

読み直そうと思ったけど、はずかしくてできず、便箋を引きだしにしまい、電気を消して、ベッドにもぐりこむ。

布団を顔までかけたけど、心臓の音が鳴りっぱなしで、うるさいと言ってやりたいぐらいだった。

翌朝。日曜日。

目覚めると、もう9時だった。

机にむかい、おそるおそる便箋を取りだす。

夜中に自分が書いたものを一文字一文字、心臓の鼓動と戦いながら目で追っていく。

読み終えた瞬間、はずかしくてたまらなくなり、顔を手でおおった。

真夜中って、人を危うくさせてしまう魔力があるんじゃない？

私は、この手紙を真夜中のせいにして、机の奥にしまった。

本当はごみ箱に捨てたかったんだけど、お母さんが見てしまうかもしれない。

顔のほてりを鎮めようと、階段をおり、洗面所で顔をバシャバシャと洗った。

さっきの手紙を、ひかりに送る勇気はとてもない。

もし、送ったとしても、ひかりからすると、「きらいの次は好きかよ！」って、混乱するか、頭にくるだけなんじゃないかな？

だめだ、ちょっと、別の方法を考えよう。

私は、タオルで顔をふき、もう一度、机にむかい、便箋をひらいた。

一呼吸し、ペンをにぎる。

ひかりへ

電話では、ひどいこと言ってごめんなさい。
よく考えたら、私が勝手に観に行ったわけで。
それで、1人で、おこってるって、どう考えても、私が、悪いです。
反省しています。

読みかえすと、今度はため息がでてしまった。
これじゃあ、ラブレターじゃなくて、先生に提出する反省文だよ。
けど、どう考えてもいきなり好きですより、こっちのほうがいい。

未来より

封筒にいれ、一日でも早く届いてほしいと、朝ごはんも食べずに家をでて、郵便ポストにむかった。

投函したあとに、ひかり、許してくれますようにと、手を合わせる。

あ、日曜日に投函しても、郵便屋さんって回収しにこないんだっけ。

がっくりとふりむくと、同じクラスの藤岡龍斗が立っていた。

体に緊張が走る。今の、見られた……？

私があせると、龍斗が笑った。

いつもの、同い年とは思えない落ちつきを感じさせるほほえみだった。

「未来にとっちゃあ、このポストは神社とか、お地蔵さんみたいなもんなんだろうな」

体調はよくなったのに、熱も下がったのに、体温がどんどんあがっていく。

ひかりに手紙をだしたこと、絶対にばれてる！

龍斗は、地元のサッカーチーム、コンドルズのキャプテンで、ひかりと試合をしたこともある。

じつは以前、つきあってくれって言われたことがあるんだけど、それはちゃんと断った。

私はひかりのことが好きだし、龍斗ってちゃらちゃらしているイメージがあって、苦手だったから。

でも、ひかり、静香、私、龍斗の４人で遊園地に行ったりしているうちに、ちゃらちゃらしているどころか、すごくいろんなことを考えている子なんだなってわかった。

今では、ちょっと本音で話せるいい友だちになれたかな。

「未来、そんな真面目な顔するなよ、そういうときは、あ、見られちゃったって、顔をすれば、こっちも気楽なんだからさ」

「そ、そっか。そうだよね」

笑って、冷静になると、龍斗が野菜やパンのはいったスーパーの袋を持っていることに気づいた。

「買い物？　あ……」

そうか、両親が離婚して、今、お父さんと２人暮らしなんだよね。

「ごはんも自分で作っているの？」

「時々。まあ、男の２人暮らしだから。こうなったら、速水もこみちでも目指すか」

龍斗は、片手をあげ、高いところから塩をふる真似をした。

龍斗っていつも、こうなんだよね。

つらいことがあっても、かくしてわざと余裕を見せる。

「そういえば、未来の親友が心配してたぞ。ロミオとジュリエットで大変だって」

「静香！　しゃべったの？」

たぶん、私がすごく興奮した顔をしたんだろう。

龍斗があわてて片手をワイパーのようにふった。

「おい、おい、静香のことおこるなよ。悪い、正直に言うよ」

「え？」

「未来、最近、どこ見ているのかわからない顔しているから、なにかあったんじゃないかっておれが静香にきいたんだよ。だから、静香のこと、絶対におこるなよ。あ、おれ、家に帰って、すぐにサッカーの練習にむかわないといけないんだ。じゃあな、おれたちは合唱、がんばろうぜ」

龍斗は明るい笑顔で、さっさと行ってしまった。

そのさわやかさと前むきさに、自分の心のもやもやが薄れていく。
ひかりと仲直りできますように！

8章 君とあの子はいつもいっしょ

数日後。

合唱の練習が終わり、家に帰ると、リビングの電話が鳴った。

というより、ソファでそわそわしながら待っていた。

今日あたり、ひょっとしたら、ひかりからかかってくるんじゃないかと。

立ちあがると、着信者番号は、やっぱり、ひかりの家で、祈るように受話器をとった。

「ひかり……？」

「あ、未来。今、いい？」

「うん」

お母さんがいないとさびしいと思うときもあるけど、こういうときはいなくてよかったかも。

「あ、手紙、ありがとう。あ、あのさ、どっちかっていうと、やっぱ、おれが悪いから、あんまり気にしないでくれ」

「ううん、私、勝手に行って、ひどいこと言って、自分でもなにやっているんだろうって」

「いや、おれが悪いって。ロミオ様なんて、はずかしくて絶対に見られたくないから来るなって正直に言えばよかったんだ」

「ちがうよ、私だよ」

「いや、おれだろ。１００人に聞いたら９９人はおれが悪いって言うよ」

「ううん、１００人が私だって言うよ」

　そして、おたがい数秒間だまり、そのあとに…。

　ぷっと吹きだした。

「１００人に聞いたらって、聞けるわけねえじゃねえか」

「ひかり、すごく当たりまえのように言うからつられちゃったじゃん」

　私たちは笑いあう。

受話器を通して聞こえるひかりの笑い声は魔法のようだった。

聞いていると、心があたたかくなり、もし、同じあたたかさを、今、ひかりも感じてくれていたならば、こんな幸せなことはない。

「ねえ、ひかり」

「うん？」

「近況報告とかしない？」

ひかりの笑い声が止んだ。

どうしよう、なんか、私、今、なんの考えもなしに、すごいこと言ってしまったんじゃあ。

だって、これって、会いたいってことで……。

心臓の鼓動が急に速くなり、それをおさえるかのように受話器をぎゅっとにぎりしめる。

しばらくしてひかりが言った。

「おれ、日曜、試合でさ」

あっという間に断られてしまった。早すぎてショックすら感じられない。

「その試合が、おれと未来が再会した、ほら、コンドルズと試合したグラウンドなんだよ。だから、試合終わったあとに、あそこのベンチのところでさ」

そういうこと！　なに、早とちりしていたんだろう！

ほっとしたら、急に視界が明るくなり、心が弾みだした。

「うん、あのベンチで」

「じゃあ、昼の2時でいいか。あ！」

「どうしたの？」

「瑠璃子が友だちつれてきやがったから、電話切る。いいか、2時。雨天決行だぞ」

妹の登場で急にあわてるところ、そして、雨天決行だぞという言葉が、すごくひかりらしかった。

電話が切れたあとも、しばらくの間、私は受話器をにぎりしめていた。

日曜日、昼の2時、ひかりに会う。

それは近況報告だけなのかな？

どうする、未来？　机の引きだしにしまいこんだ手紙に書いたようなこと、ひかりに言う？

あの手紙の内容はすごくはずかしいけど、まぎれもない私の本心なわけで。

静香の言う通り、気持ちの確認ができれば、へんな不安もなくなるだろうし。

でも、気持ちを伝えるってことを想像しただけで、緊張してたおれちゃいそうなんだけど！


翌日。

合唱の練習では、「君と見た花火」の部分を歌っていると、日曜日、ひかりに気持ちを伝えようかどうしようかと悩んだり、ああでも、久々にひかりに会えるんだと思うと、テンションがあがったりで、すごく落ちつかなかった。

でも、なんども歌っているうちに、そうだ、この歌詞のことをひかりに話そうと思いついた。

ひかりとの出会いを思い浮かべながら歌っているの、私、ひかりのことが好きなの。

そういう流れだったら、自然に言えるかもしれない。

けれど、すぐに別の考えも浮かんでしまう。

もしも、おれはなにも思ってない、ただの友だちだって答えられたら、もしも、じつは大宮のことが好きなんだって言われてしまったら。

そうなったら、その先に待っているものって……。

ふと、なによりも恐れていることを想像してしまった。

そして、合唱の練習が終わり、いつも通り、静香と帰ると、手をマイクの形にして、レポーター調に私の口にあててきた。

「未来さん、うれしそうなんだか、落ちつかないのか、親友から見るとよくわからない横顔なんですけど、なにかありましたか？」

「ええ、まあ、いろいろと」

セレブな芸能人を気取って髪を耳にかけたりしてみたけど、余裕のなさ丸だしって感じ。

静香レポーターは、すかさず、質問を重ねてくる。

「いろいろとは、大木ひかり君に関係していることですか？」

「ええ、コホン。じつは、日曜日に会って、近況報告会をするのであります」

今度は咳ばらいをして、おじいちゃん政治家風にしゃべってみたけど、絶対に、すべっている。

静香がおどろき、手で作ったマイクをすっとさげた。

「それは、な、仲直りのために会うの？　あれ、会う約束をしたってことは、もう仲直りして、まさか、つまり……、そこで告白をするってこと～？」

静香の興奮しながらの質問にうまく答えられず、しばらくの間、無言で歩いた。

けど、立ち止まり、ちょっとやけくそのように青い空を見あげた。

「わからない！　っていうか、たぶん、やっぱり、無理！」

「わ、わからない？　無理？」

静香が目をぱちくりさせる。

「だって、すごく勇気がいることだし。それになにより、一番こわいのは、断られて、二度と会えなくなること」

「二度と会えなくなる？」

静香のオウムがえしに、私はうなずく。

「だって、私とひかりは学校もちがうし、家も遠いから、告白して断られて、気まずくなったら、もう、そこで終わっちゃう。同じ学校なら、気まずくなっても、また話す機会とかでてくるかもしれないけれど、私とひかりは、ちょっとでも関係に亀裂がはいったら、もう二度と、一生会えない可能性がある。だったら、やめたほうがいいのかもって」

静香に本心を打ち明け、ふたたび歩きだした。

ひかりに一生会えない、それは私にとって、この世で一番こわくてつらいことだ。

すると、静香が急にだまりこんだ。

「静香、どうしたの？」

「未来。あのマネージャーはずっとひかりといっしょだよ」

「え……」

「あの子はクラスでもサッカーチームでも、ひかりといっしょで、未来は、ひかりの気持ちをたしかめないと、絶対に、ロミオとジュリエットのときみたいに傷つくことがでてくるよ」

「でも、もし、大宮さんのことがじつは好きとか言われたら」

思わず、口にしたあとで、体がかすかにふるえた。

「ほら、そういうことを考えているってことは、未来は相当あのマネージャーを気にしているんだよ。そこまで気にしているなら、告白したほうがいいよ」

静香の言うとおりだ。

ひかりに、告白することを想像するたびに、大宮まりんさんのことが、セットのように頭に浮かんでしまう。

こんな、ぐちゃぐちゃ考えているなら、思い切ってひかりに気持ちを伝えるべきだ。

でも、やっぱり、気まずくなったときのことを考えると、こわくてたまらなくて。

だめだ、同じことばかり考えて、ぜんぜん答えがでない。

「未来。鳳山神社って知ってる？」

「え？　聞いたことあるかな？」

「ひかりの住んでいる町の駅から、二つもどったところ。その駅からは歩いてすぐなんだけど、そこ、恋の成就率がすごく高いんだって。絵馬とかにいつか告白できますようにって書くと、本当にできちゃって、両想いにもなれたりしちゃうんだって」

「ええ、まさか？」

思わず笑ってしまう。

けど、どこかで、こうなったら、そんなバカみたいなことにすがってみたい、すがるしかないって気持ちもあった。

「一応、地図書いて、明日、わたすよ。うちは告白したほうがいいと思うな」

静香は、へへと笑い、私たちはいつものように手をふって別れた。

ふと、へんなことを思った。

静香、どうして、そんなことを知っているんだろう。

あ、でも、私が知らないだけで、クラスの女の子や、町内ではうわさになっていることなのかもしれない。

静香の背中はどんどん小さくなり、曲がり角に消えていった。

9章　意外な相手と縁むすび

土曜日。

授業が午前中で終わったので、静香にすすめられた神社に行ってみることにした。

明日の日曜日に、ひかりに会って、自分の気持ちを伝える勇気を神様からもらうために。

そして、できれば、ひかりからいい答えがもらえるように。

電車で神社がある駅までつくと、静香が書いてくれた地図を広げ歩きだす。

静香は、駅からすぐだけど、曲がり角がややこしいって言っていた。

あと、石段が長いからって、私の体のことを心配してくれた。

私の持病は、時々、膝が痛くなることがあるんだよね。

ひょっとしてだけど、静香は行ったことがあるのかな？

でも、行ったことあるなら、私に「うち、行ったんだ」って言うよね？

じゃあ、やっぱり、場所を知っているだけなのかな？

そのとき、風がふわりとふいて、はっと思いだした。

静香、ひかりからの電話がぜいたくとか言っていたよね。

やっぱり、静香は好きな男の子ができて、その男の子から電話がかかってきたらいいなとか考えているんじゃない？

神社のことも、好きな子ができたから興味を持ったか、もしくは、その子とうまくいきますようにって、お参りしにいったとか。

だけど、どうして、静香は私に好きな男の子ができたって話してくれないんだろう。

私はひかりのことを、静香に一生懸命話しているのに、静香は好きな男の子がいるのに、私になにも話してくれない。

静香、好きな男の子がいるなら、私に相談してよ。

親友なんだから、話してよ、みずくさいよ、と、いうより……さびしいよ。

すると、目の前に鳥居が現れ、そのむこうには細長い石段が伸びていた。

静香が言っていた通り長いけど、今は体調がいいから、ゆっくり上れば大丈夫。

はしゃぎながら下りてくる中学生ぐらいの女子グループやカップルとすれちがう。

石段を上りきると、賽銭箱、社務所、手水所なんかがあるごくふつうの神社だった。

ただ、社務所のとなりで、「両想いソフトクリーム」っていうのが売っていて、高校生ぐらいのカップルが買っている。

ああいうの、2人で食べてはずかしくないのかなあなんて考えながらも、どこかで、ひかり、ソフトクリーム好きだよね、私たちもいつかいっしょになんて思ったりもした。

ちょうど、神様に手を合わせる人が、だれもいなくなったので、私はすうと息をすった。

よし、行こう！

お賽銭箱の前まで行き、ご縁がありますようにと、5円玉を放る。

小銭のはいる音が聞こえると、どきどきしてきた。

大きな鈴を鳴らすと、じゃらんじゃらんという音がして、さらに緊張してきた。

落ちつけ、落ちつけと、手を合わせ、目をぎゅっとつぶる。

明日、自分の気持ちをひかりに伝えます。

どうか、その勇気をください。

そして、できれば、ひかりからすてきな返事がもらえますように。

あと、そうだ、静香に、もし好きな人がいるのなら、うまくいきますように。

それで、静香からその話をしてもらえますように。

目をあけ、ふうと手をはなす。

あの、神様、私、なんだかかんだとよくばりでしたか？

急にはずかしくなり、そそくさとその場を去った。

そうだ、絵馬も書くといいんだっけ。

拝殿のわきに、絵馬掛けがあってたくさんぶらさがっているんだけど、どこで買って書くんだろう。

きょろきょろとさがしていると、社務所の台で立ちながら絵馬を書いている女の子たちがいた。

あそこで買って書くんだ。

社務所に行って、「絵馬、一枚ください」と声をだしたとき。

私の声にだれかの声が重なった。

あれ？　となりに立っている女の子が同じこと言ったのかな？

となりに立っている女の子はポニーテールをゆらしながら、私のほうに顔をむけた。

私も彼女を見る。

目が合った瞬間、彼女は私の顔を見て、目と口を大きくあけた。

「あ、あれ、前田…未来…ちゃん？」

おどろいた顔で私の名前を口にしたのは、ひかりのサッカーチームのマネージャー、そして、ジュリエットを演じた大宮まりんさんだった。

むこうもかなりおどろいているけど、こっちもびっくりだよ。

どうして、こんなところに大宮さんがいるの？　そんなことって、あるの？

「未来ちゃん、どうして、こんなところに？　え、え、まさか、ひかりといっしょとか？」

ひかりの名前がでてきて、私はどきりとした。

大宮さんはポニーテールをゆらしながら、かなりあわてて、ひかりをさがしている。

どうやら、私がひかりと来ているんじゃないかって、かんちがいしているみたい。

「あの、私、１人で来ているんだけど」

そういうと、大宮さんは「え、あ、そうなの、なんだ？」とほっとしていた。

こんなに、あわてているってことは、ひかりにここに来ていることを知られたくないってことかな？

まあ、私も、今ここで偶然にもひかりに会ったらかなりあわてるけど。

だって、ひかりとのことを神様にたのみに来たんだから。

はっとした。

大宮さんも、まさか、私と同じ理由で？

ふたたび大宮さんと、ばしっと目が合う。

ひょっとして、今、大宮さんも私と同じこと思った？

前田未来はここになんのお願いに来たんだろうって。

おたがいの間に気まずい空気が流れだしたとき、社務所内のおじさんが言った。

「お嬢ちゃんたち、ごめんね。絵馬、終わっちゃったんだよ」

私と大宮さんは、２人そろってあっけにとられるしかなかった。

10章　君の役に立てたこと

ストローを口につける。

ストロベリーシェイクはよく冷えていて、のどを通るとき、すごく気持ちよかった。

むかいの大宮さんはチョコシェイクを飲んでいる。

駅の近くのファーストフード店。二階席のまどぎわ。

見晴らしはいいけれど、あちこちから、赤ちゃんや小さい子たちの騒がしい声がする。

「うるさいね」

私が苦笑すると、大宮さんが言った。

「こういうとき、大人っていいよね。百円シェイクじゃなく、もっと高い飲みもので、静かなカフェとか行けるもんね」

「そうだね」

がんばって笑ってみたものの、会話はそこで終わってしまった。

大宮さんに、いっしょにシェイク飲まない？　ってさそわれて来ちゃったんだけど、一体、なにを話せばいいんだろう。

よく考えたら、大宮さんのことばかり考えていたときもあって、この子に聞きたいこととかたくさんあるはずなんだけど、実際、一対一になると、どうしていいのかわからない。

まさか、いきなり、ひかりとのこととか、聞くわけにはいかないし。

すると、大宮さんは急に手をひざに置き、背筋を伸ばして、私の目を見た。

なに？　なんか、すごいこと言われる？

緊張して、ぐっと身がまえると、大宮さんは想像もしていなかったことを言いだした。

「ファイターズのマネージャーとしてお礼を言います。ありがとう」

しかも、頭を下げてきた。

「え？　え？　な、なに？」

私はわけがわからず、まぬけな声をだす。

大宮さんは頭をあげた。

「うちのチーム、少しずつ戦力アップしているの。あなたが、観に来た試合は、ひかりが怪我して負けちゃったけど、その前後の練習試合は勝っている。それは、ひかりが選手として、キャプテンとして、成長したから。そして、なんで、ひかりが成長したかっていうと……」

大宮さんは、複雑そうな顔でななめ下に視線を置く。

けど、ふりきるように私の顔をまっすぐに見すえた。

「あなたがいたから」

「あなたって、わ、私？」

「そうだけど。他にだれかいる？」

「そ、そうだよね」

意味がわからずとまどうしかない。

でも、ひかりの成長と私と、どういう関係があるんだろう。

「ひかりはさ、5年生のとき、スランプだったの」

「スランプ？」

「うん。あいつは、すごい努力家で、背が小さいってハンデを乗り越えようと3年生のころから必死で、」

「ま、待って。背が小さい？」

「知らなかった？　大木ひかりは今でこそ、いかにもスポーツできますって感じだけど、3年生のころは小さかったし、まさか、キャプテンになるなんて、だれも想像できなかったんだよ」

「ぜんぜん知らなかった」

あぜんとして、首を横にふると、大宮さんは、ぼそりと言った。

「かっこ悪いところは話さない……か」

大宮さんはシェイクを少し飲み、また言葉を続ける。

「でもね、ひかりは本当にがんばって練習した。その結果、うまくなったし、身長も伸びた。けど、5年生の夏休み、5年生チームのキャプテンには選ばれなかったんだよね。本人はそれがすごく悔しかったみたいでさ」

風船が、ぱんとはじけたような気がした。

5年生の夏休み。

入院先で初めてひかりと出会って、病室からいっしょに花火を見た日。

あのとき、ひかり、キャプテンに選ばれなかったことを話していた。

「『おまえは配慮がない』監督にそんな注意をされたんじゃない？」

「あ、それは知っているんだ？　そのとおり。おれはチームで一番努力しているっていう気負いが強すぎて、チームメイトに対する配慮のかけらもなく、キャプテンなんてとんでもなかった」

またもや、あぜんとする。

出会ったときのひかりが、チームではそんなタイプの選手だったなんて。

だって、出会ったときのひかりは、名前の通り、ひかりかがやいていて、それが、病気で1人ぼっちでいじけていた私にとっては、つらくもあり、まぶしくもあって。

やだな、あのときの感情がいっきによみがえってきそうではずかしい。

「ところが、ひかりはおばあちゃんのおみまいに行って、車にはねられた。そのあと、かわったの」

「かわった？」

車にはねられたのって、私の退院の日で、それで、見送りに来られなかったんだよね。

「しばらく練習を休み、グラウンドに帰って来たひかりは、余計な気負いがなくなり、チームプレイが、うまくできるようになった。監督は怪我の功名ってこういうことかって、おどろいていたけど、あたしはひかりがかわったのは車にぶつかったからじゃなく、だれかと出会ったからだと思う」

心臓がどくんと鳴った。

「ひかりは、車にはねられたショックでそのまえ、数日間だけ覚えていないんだって話してた。でも、その数日間に、すごく大切なことをだれかに教わったって。おれは好きなサッカーで悩んでいるだけだけど、世の中には、どうしようもないことと戦っているやつがいるんだって。けど、その子がだれなのかが思いだせないって」

胸の奥で音がした。その子って、まさか……。

「あなたのことだよ。大木ひかりは未来ちゃんに会ったから、選手として成長した。そして、そのひかりがキャプテンになって、チームも少しずつ成長している。だから、一度、お礼言っておきたかったの」

　ぜんぜん、知らなかった。

　私がひかりの役に立てていたなんて、たまらなく、うれしい。

　こんなに、うれしいことはないっていうぐらいに。

　でも、目の前にいる大宮さんは、どこかちょっとだけ、つらそうだった。

　だって、大宮さんの話を聞いていると、彼女がどれだけひかりを見守ってきたかってことも伝わってきて。

　そこにとつぜん、私が現れたってことでもあるよね。

「大宮さんって、立派なマネージャーだよ。ファイターズって大宮さんにすごく助けられているんだと思う」

「え？」

　大宮さんはシェイクをストローですいながら、おどろいていた。

「だって、選手の成長にちょっとだけかかわったような人に、お礼言えるってすごいよ。日本一のマネージャーだよ。みんな、大宮さんに助けられているよ。もちろんひかりも……」

さいごのひかりも……のところは、言いよどみそうになったけどがんばって口にした。

すると、大宮さんは「はは」とあごをつきあげ、笑った。

「ちょっと、かっこつけすぎたかな？　あたし、未来ちゃんからすると、そうとういやな子のイメージあるんじゃない？　なんていうか、ひかりと付き合いが長いからって、未来ちゃんとひかりの仲をじゃましているみたいなさ」

大宮さんの意外すぎる言葉だった。

「別にじゃまだなんて」

途中から言葉につまる。口ではそういいながらも完全否定はできない……？

「学校がちがうし、別に未来ちゃんにどう思われてもいいんだけど。あたし、ひかりとは毎日会うじゃん。すると、どうしてもあなたのことを思いだすっていうかさ。あたし、未来ちゃんと話したのってちょっとだけじゃん。でも、そのちょっとで、けっこう挑戦的なこと言っちゃったから、未来ちゃんの中でのあたしのイメージって最悪だろうなって。別にいいんだけど。本当にどうでもいいんだけど！」

大宮さんは残りのシェイクをずずずと音を立てていっきに飲んだ。

そんな大宮さんを見ていると、ふっと力がぬけ、くすりと笑えた。

「なによ、なにか、おかしい？」

「ううん、そういうのあるよねって。短い時間しか交流のなかった子に、いやなイメージもたれちゃうって。私も飛鳥ちゃんって子に、ずっといやな子だって思われているの」

「飛鳥ちゃん？　だれよ、それ」

「ひかりと入院先であったとき。そのとき、同室だった女の子。私、そのころ、病気のことですごいひねくれていて、飛鳥ちゃん、私のこと、嫌っていたの。しかも、おたがい、もう二度と会うことがないから、きっと、飛鳥ちゃんは入院していたときのことを友だちに話すたびに『いっしょの部屋の未来って女の子、超強烈、すごいいやだった』って言っていると思うんだ」

大宮さんは目をまるくしていた。

けど、数秒後。

「ぷーっ」

と、吹きだし、おなかをかかえて笑いだした。

「ちょ、ちょっと、がんばって本音で話したのに、なによ、その態度！」

「だって、今の言いかた。『超強烈、すごいいやだった』のところ！　未来ちゃん、思い切りみけんにしわよってたよ。すごいリアルだった。あたし、飛鳥ちゃんって子、会ったことないのに、想像できちゃうぐらいに！　ねえねえ、未来ちゃんって、あれでしょ、自分のいないところで、この人とこの人はこんな話しているんじゃないかって、勝手に思いこんで想像するタイプでしょ」

ふたたび、言葉につまる。

たしかに、大宮さんとひかりの学校でのやりとりを、見たわけでもないのに、勝手に想像したこともあったような。

「あははは、ねっちこ〜い。くら〜い！」

大宮さんは、相当ツボにはまったようで、げらげら笑っていた。

ひ、ひどい。どうせ、大宮さんみたいに明るく健康的な人には、私の気持ちなんてわからないだろうけど！

私はうでを組んでそっぽをむいた。

すると、大宮さんがふっと笑った。

「勝手に想像しちゃうって、だれでもやっちゃうよね」

え？　まさか、大宮さんも勝手に想像したことがあるのかな？

まさか、私とひかりのこと？　私と同じことしていたの？

そこに気づき、大宮さんの顔を見ていたら、自然に口からこぼれてしまった。

「ジュリエットよかったよ。友だちと観に行ったんだ」

大宮さんが「え？」と私を見る。

よくわからないけど、なんだか急に大宮さんに素直になれてしまった。

「やっぱり、そうだったんだ」

「え？」

「発表会終わって、体育館の外で、みんなでしゃべっているとき、ひかりが『あ』って顔をしたんだよね。そのとき、遠くに走っていったの、未来ちゃんかなって」

気づかれていたんだ！

あのときの、すごいみじめな逃げかたを見られたってことだよね。

はずかしくてたまらなくなり、下をむいてしまう。

すると、大宮さんがあわてて言ってきた。

「ちょっと、ねえ安心して。あたしはひかりに好きとか言うことは絶対にないから」

え……。

おどろいて顔をあげると、大宮さんが言葉を続けた。

「もう、ばれちゃってると思うから、はっきり言っちゃうよ。あたしは、ひかりのこと好きだよ。けど、ファイターズはもっと好きなの。だから、ひかりとは、キャプテンとマネージャーとしてつきあう。面倒くさいことはなし！」

大宮さんは体育会系の熱い表情をして、両手で×を作る。

そして、それをほどくと、「ごめん、熱血すぎた？」と笑った。

私もいっしょに笑いたかったけれど、できなかった。だって……。

「大宮さんってやさしいんだね」

大宮さんが「え」と口をあける。

「今、私が、下むいたから、はげましてくれたんでしょ」

大宮さんは、ちいさく口をあけたままだ。

「だって、縁むすびの神社に来て、絵馬を書こうとしていたわけじゃない。ひかりより、ファイターズを大切にしたいってことは本当だと思う。そのために、ひかりに好きって言わないことも。けど、大宮さんは内心では戦っているんじゃない？　そして、今、目の前の私がこの間のはずかしいことを思いだして落ちこんでいたから、『あたしはひかりに好きって言わない』って、自分に言い聞かせるように言っちゃったんじゃない？」

思ったことを正直に話すと、大宮さんは絶句していた。

言いすぎたかもしれない。

大宮さんが、せっかく、面倒くさいことはなしって明るくふるまってくれたんだから、いっしょに笑えばよかったのかもしれない。

でも、この子に、その場限りの調子のいいことを言いたくない。

「未来ちゃんの、そういうところがひかりをかえたんだろうね」

大宮さんは、窓によりかかり、ふっと笑って言った。

ファーストフード店を出ると、私たちは駅にむかい、ホームで電車を待った。

大宮さんがのぼりで私がくだりだ。

西日に照らされながら、大宮さんがきいてきた。

「ずばり、質問。未来ちゃんはひかりとつきあってるの？　そうじゃないの？」

「ま、まさか」

動揺して、視線をおよがしてしまう。

「そっかあ。どっちかなあって微妙だったんだけど、じゃ、告白していないんだ」

私は小さくうなずいた。

「あたしが、ひかりに好きって言わないのは、ファイターズが好きとか、そんなかっこいいことじゃないかも。断られて、きまずくなるのがこわいってだけかもね」

胸のおくが、ちくりと痛んだ。

「未来ちゃん、あたしがひかりに好きって言わないから、じゃあ、私もとか、やめたほうがいいよ。それ、遠慮じゃなくて、度胸がないだけだから」

その言葉がずんと胸にささったとき、のぼりの電車が来てしまった。

「あ、そうだうちのチーム、明日試合だけど、応援にくれば？」

そうか、会うまえに試合、観てもいいのかも。

電車のドアがひらき、大宮さんが歩きだす。

「ありがとう。応援に行く！」

大宮さんは、電車に乗り、こっちに手をふりながら、あっという顔をした。

「ねえ！　ひかりがどうしてロミオをやろうと思ったかは聞いた？」

え、なにそれ？　なにか事情があったってこと？

「聞いていないなら、試合が終わったあと、聞いたほうがいいよ」

大宮さんが言い終えると同時に、プシューとドアがしまった。

おたがいに手をふりあい、大宮さんの乗った電車は見えなくなっていった。

大宮さんに会えてよかった。絵馬を書くより、ずっと、大切だった。

あれ？　あの神社の神様、まさか、わざと私と大宮さんを会わせてくれたとか？

だとしたら、神社って、すごい！

縁むすびって男女のことだけだと思っていたけど、女の子同士もありなのかも！

神様、ずうずうしいかもしれませんが、明日もどうぞよろしくお願いします。
ひかりにキモチ伝えられますように！

11章 キモチ、伝えるとき！

そして、日曜日。運命の日。

運命なんておおげさかもしれないけれど、私にとってはそのぐらい大きなことだ。

お母さんにもらった三日月のネックレスをみにつけ、バスに乗り、待ち合わせ場所にむかった。

ひかりと再会したグラウンドは大きな公園の中にある。

ひかりは、大活躍で、自分でシュートを二本も決め、アシストっていう、他の子がシュートを決められるように、いいパスもだしていた。

3対1でファイターズは勝利し、大宮さんも監督や選手とハイタッチをしていた。

試合後、グラウンドから離れたベンチで待っていると、ひかりが、すかっとした笑顔でやってきた。

「試合、来てくれて、ありがとう」

ひかりは喜んでくれていた。

「じつは、昨日、偶然、大宮さんと会って、さそってくれたの」

「ええ、そうなんだ。なんだよ、あいつ、内緒にしてたな？」

ひかりの言いかたがおかしくてくすくす笑ってしまった。

今までは、ひかりから大宮さんの話を聞くと複雑な気持ちになっていたけれど、今日は、楽しく聞いていられる。

人の気持ちって不思議だな。

「そうだ、これ」

ひかりがとなりに座ると、スポーツバッグからあるものを取りだしてみせてくれた。

それは、一年前の夏。ひかりからおみくじをもらったお礼に作った、サッカーボールのおまもりだった。

「今日勝てたのは、これのおかげだ」

そう言ってひかりが笑ってくれた瞬間、胸がきゅっと音を立てた。

「使ってくれているんだ。ありがとう。あ、私もこれ」

かごバッグから、ナプキンでつつまれたものをだし、ひざに置いた。

つつみをほどくと、ひかりのテンションがいっきにあがる。

「すげえ、サンドイッチ？　あと、それ、カップケーキ？　まさか、未来が作ったの？」

「作ったっていっても、ハムとトマトをお母さんが作ったフレンチトーストにはさんだだけだし、カップケーキも、ホットケーキミックスのアレンジで」

おいしくなかったら、ごめんね。みたいなことを言おうとしたのに、ひかりは、もう、サンドイッチをかじっていた。

ちょっと、早いって！

「うまい！　フレンチトーストのサンドイッチ、おれ、初めて食べた。監督の店にもない！　あ、まえに言ったよな。監督の家、サンドイッチとクレープの店をやっているって」

ひかりは、すごくおいしそうに口をむしゃむしゃと動かす。

よかった、うちは、2人暮らしでパンがあまりやすいから、お母さんがよくフレンチトーストを作るんだけど、ひかりがこんなに喜んでくれるなら、2人暮らしでよかったかも。

「あのね、ひかり」

「なんだ？　これ、ほんと、うまいぞ。マヨネーズもすげえいい。母さんが弁当でハムサンド作ってくれたときに、マヨネーズ忘れたときがあったんだけど、その日、ぜんぜん、シュート決まらなかったんだよ。あれ、絶対、マヨネーズがなかったからだ」

ひかりがもぐもぐと口を動かす。

「どうして、自分からロミオやろうと思ったの？」

「ぐ！」

ひかりがサンドイッチをのどにつまらせた。

「え、やだ、大丈夫？」

ひかりは自分の水筒から、あわてて麦茶を飲みこんだ。

「ふうー。びっくりしたあ」

「ごめん。そんな、すごい質問だったの？」

「いや、そういうわけじゃあ」

ひかりは困っていた。

けど、昨日の大宮さんの言葉が気になって、さらに突っこんでしまう。

「あのとき、担任の先生が言っていたから。ひかり、自分で立候補したって」

「う〜ん」

ひかりは、どこか照れくさそうに、ななめ上に視線をあげた。

「話したくないことなの？」

「いや、そういうんじゃなくてさ」

ひかりは少しの間、考えていたけど、少しずつ語りだしてくれた。

「うちのクラスに脚本家志望のやつがいてさ」

「うん」

「で、そいつがさ、二谷っていう男子なんだけど、入院しているんだよ」

入院って言葉に、「え」と反応してしまう。

「体の弱いやつで、学校休みがちだったんだけど、先々月あたりから学校来なくなってさ。だから、うちのクラスは発表会なにしようかってなったときに、二谷をはげますためにも、二谷に脚本書いてもらって、演劇にしようってことに決まったんだ。けど、二谷が病院でがんばって書いたのに、いざとなったら、みんな、ロミオ、やりたがらねえんだよ」

たしかに、二谷君って子がどんなに頑張って書いたとしても、あのセリフは、ふつうの男の子は受け付けないよね。絶対にやりたがらないと思う。

「このままじゃ、二谷君がかわいそうって手をあげたの？」

「いや、かわいそうって、そんなおおげさな気持ちはないけど。ただ、このままだれも手をあげないと、ど、どうなるんだろうなって。二谷、ショックで、病院の飯とか食えなくなっちゃうんじゃないかなって」

ひかりははずかしそうだった。

さっきまでチームをひっぱっていた男の子と同一人物だとは思えないぐらいに。

ひかりの横顔を見ていると、なんだか胸がいっぱいになってきた。

「やさしいね、ひかり」

「え、ええ？　だから、そんなおおげさなことじゃないって」

ひかりが否定すればするほど、私の胸の奥の感情は、どんどんたかまっていく。

それは、うぬぼれなのかもしれない。

でも、ここまできたら、どうしてもきいてみたい。

「その二谷君って子と、私と、ひかりの中で、ちょっと重なった……とか？」

一瞬、私とひかりのまわりの空気がしんと静まった。

急に心臓が爆発しそうになる。

なんてこと、口にしてしまったんだろう。

でも、もう、でてしまった言葉はもどってはくれない。

「ど、どうだろうな。あはははは」

ひかりは、空を見あげて笑っていた。

胸が苦しい。

ひかりが笑ってごまかしてくれてよかった。

この苦しさが少しはらくになる。

でも、心のどこかで、別の答えが聞きたかった気もする。

どうする、未来。言ってみる？

私はひかりが好きだけど、ひかりは私をどう思っていますか？　って。

雲はゆっくり流れ、遊んでいる子供の声が遠くから聞こえてきた。

心地よい風が私たちをつつみこみ、今、言うのは、すごく自然なんじゃないかな？

「わ、わた……」

し、と言ったか言わないかわからなかったとき。

「未来のお母さんって、きれいなの？」

ひかりがとうとつに聞いてきたので、「え、え」と、目を瞬かせてしまった。

「いや、その三日月のネックレス、植物園に行ったときに、お母さんからもらったって」

「あ、これ、そうそう」

私は、ごまかすようにネックレスを指でいじる。

「うちの母さん、発表会のとき、見ちゃった？」

「ひかりのお母さん？　あ、うしろ姿だけね」

「未来のお母さんとはぜんぜんちがうだろ」

「な、なにが？」

「おれ、まえから、気にしてたっていうか、想像していたんだけど。未来のお母さんって、アロマセラピストっていう仕事してんだろ？　その名前からして、細くて、きれいな感じがするんだよ。おれの母さん、年々、体重ふえていてさ。なんていうか、頭の中で、勝手に、見たこともない未来のお母さんと比べてるんだよ」

「ええ？　そんなこと、想像しているの？　ひかりのお母さん、あたたかそうでいいじゃん。一瞬、ヨガに通ってやせようとしてるなんて、幸せそうでいいよ」

お稽古事をする時間も余裕もなさそうだよって、言いそうになったけど飲みこんだ。

「未来がそう言ってくれるなら、母さんの体重増加はゆるしてやるか」

「そうだよ、考えすぎだよ」

どうしよう。

すごく大切なことを言おうとしたのに、急に雰囲気がくだけすぎちゃって、好きですとか、言えなくなっちゃったよ。

でも、言えなかったら言えなかったで、いいかもしれない。

だって、気持ちを伝えて気まずくなったら、今みたいな幸せがなくなっちゃうかもしれない。

12章　さいごのさいごにでた言葉

「サッカーも、試合のまえやあとに、アロママッサージする選手がいるんだって。未来のお母さんの店、お客さんにスポーツ選手いる？」

ひかりがカップケーキを食べながら言った。

「どうかな。男のお客さんはほとんどいないって聞いたけど。お父さんはめずらしかったって」

「お父さん？　未来の？　たしか死んじゃったんだよな……え、お客さんだったの？」

「お母さんがお父さんとの出会いを時々話してくれるんだけど、すごくすてきな話でね」

「う、うん」

こんなこと、このましゃべっちゃっていいのかな？　どきどきしてきたんだけど。

でも、せっかくだから、ひかりに聞いてもらいたい。

「お父さんはお客さんだったんだって。お父さんって、やさしいけど、ちょっと、気の弱いところがあったみたいで。しょっちゅうおなかが痛くなっちゃうんだって。病院の薬より、お母さんのマッサージのほうが、効果があってよく来るようになって。でね、お母さんは、お父さん用のスペシャルアロマブレンドを作り、いつもていねいにマッサージして、いつの日からか、来週だけでなく、来月だけでなく、ずっと、ずっと、その先も、一生、この人のおなかをマッサージしてあげたいと思うようになったって。それで結婚したの」

自分が大好きな話をいっきに語った。

さいごに、そのなかでも一番好きなところを付け加える。

「私は、この話も好きなんだけど、この話をしてくれるときのお母さんがすごく好きなの。顔がやさしくなるっていうか、きれいなの。お母さん、お父さんのこと、今でも好きなんだろうね」

しみじみ語り、急にはっとした。

なんだか、ものすごく、1人で酔って話していたような……。

やだ、ちょっと、バカみたいだったかも。

「ご、ごめん、ひかり。すごく長く話していた？」

ひかりの顔を見ると、ぽかんとしていた。

いや、ぽかんというよりは、かすかに、目が潤んでいる？

「ひかり……？」

「あ、な、なんでもない」

ひかりはごまかすように目をこすった。

「いや、いい話だなって、ちょっと、うるっときたっていうか」

「ごめん。湿っぽかったよね」

「そんなことないよ。うまくいえないけど、そういうの、いいよな」

「そういうの？」

「え、で、出会いとか、あ、愛？　っていうの？　わ、わからないし、よく、しらないけど。あ、これ食っていい？」

カップケーキをもう一つつかみ、ごまかすように、むしゃむしゃとかじりだした。

「ちょっとはずかしいこと言っちゃったから、わ、忘れてくれよ」

胸の奥で小さな音がした。

どういう意味で言ったんだろう？

出会いって、ひかり、私たちはもう出会っているよ。

私は、もうひかりのこと好きなんだよ。

すると、ひかりが口の中のカップケーキを飲みこんで言った。

「うちの母さん、きれいな表情で父さんのことを話すなんて見たことねえよ。だから、年々横幅が大きくなるんだな。はは」

ひかりが笑ったから私も笑う。

けど、心の中では、胸の奥の気持ちをどうやって伝えようって、そればかり考えていた。

「お、夕焼けだな」

「う、うん」

気が付くと空は、赤くてきれいだった。

でも、そのきれいさが、すごく切なく思えてきて……。

「ああ、うまかった。体冷えるんじゃないか？　帰るか」

思わず、「もう帰るの？」と言いかける。

けど、それを押し殺し、別の返事をしてしまった。

「そうだね。もう帰ろうか」

ちがうでしょ、未来。一番大切なことをまだ言ってないでしょ。

ひかりがスポーツバッグを肩にかけ、立ちあがり、ごみの後始末をする。

これはもう、帰りじたくってことで、でも、「もっといっしょにいたい」とか言えないし。

ひかりが歩きだしたので、私もそうするしかなくなってしまった。

公園の中のこの道をまっすぐに行けば、バス通りにでて、私とひかりは別々のバスに乗る。

次はいつ会えるかわからない。

今、言うしかない。今……！

「ねえ、ひかり」

ひかりが立ち止まる。

「あ、あのさ」

ひかりの前髪が夕方の冷たい風になびいた。

「今日は伝えたいことがあるの」

「伝えたいこと？」

ひかりは、オウムがえしし、未来は、おれに大切なことを伝えようとしている、ちゃんと聞かないといけないいって、真剣な顔をしてくれた。

息をすう。

ひかりと目が合う。

ベンチでとなりどうしで座っていたのとはちがい、真正面からひかりの顔を、目を見ていると、今までのことが走馬灯のようによみがえりだした。

ひかりと病院で出会ったこと、花火を見たこと、植物園に行ったこと。

「あのね、ひかり……私、よかったと思っている」

「え、なにが？」

ひかりに出会えてよかった。ひかりが好きなの。

そう、言葉にするつもりだった。

けど……。

「ロミオとジュリエット、すごくよかった」

気がついたら、ぜんぜん、ちがうことを口にしていた。

「ほら、私、ウソつかれたって1人でおこっていたけど、肝心なお芝居の感想を伝えてなかったでしょ？　あのお芝居は、すごくよかったと思う。ひかり、サッカーの練習ぐらい、一生懸命、稽古したんだろなって。感動しちゃった」

すると、ひかりの目が生き生きとかがやきだした。

気が付くと、1人で夢中でしゃべっていた。

「ありがとう。いや、みんな、からかってくるだけで、ちゃんとほめてくれたのは未来だけだよ。すげえ、うれしいよ」

ひかりは、満面の笑みでガッツポーズをし、歩きだしてしまった。

ウソではない。

これも、ひかりに伝えたかったこと。

でも、本当は、もっと伝えたかったことがあったんだけど……。

ひかりが喜んでくれたから、別にいいんだけど。

ならんで公園をでるとバス通りにでてしまった。

ひかりと私は乗るバスがちがうから、ここでお別れだ。

「未来、送るよ」

「え？」

ひかりは私が使うバス停まで来てくれた。

ベンチには座っていた人がいるから、列のさいごにならぶ。

バスが、ずっと来なければいい。なのに……。

「あ、来たぞ」

どうして、すぐに来るのよ！

「ひかり、次の土曜日、うちの学校の発表会に来て！」

とっさに、でた言葉だった。

13章　この想い、歌になれ

あの日、君と見た夕焼け、あのとき、君と食べたサンドイッチ。

忘れないよ、忘れないよ、もう1人じゃないんだよ。

「いいぞ、いいぞ。2番もいいぞ。今度の土曜日が本番だけど、もうばっちしだな」

伴奏が終わると、若林先生が興奮し、みんなもどっと盛りあがった。

私も心の温度がかすかに上昇中。

だって、君と見た夕焼けって、まさに、昨日の私とひかりみたいで。

結局、ひかりに、自分の気持ちは伝えられなかったけど、週末の発表会には来てもらえることとなった。

好きという言葉が伝えられないなら、せめて、この歌の歌詞だけはひかりに聞いてほしいって思ったんだけど、来てくれるのなら、歌い終わったあとに、ひかりのことを考えながら歌ったの、初めて会ったときからずっと好きだったのって言いたい。

「今日が月曜日か。本番までに、もう一工夫できないかな？」

先生の言葉に、みんなも考えだす。

工夫か？　どんなのがいいんだろう？

すると、だれかが言った。

「ネットの動画で、この歌を検索したら、他の学校では、ソロいれていました」

「おもしろそうだな。どうだ？」

先生は自分より合唱にくわしい指揮の青山君に聞いた。

「コンクール目指すならやめたほうがいいですけど、行事だったらありですよ。Aメロ、Bメロは今まで通りで、サビのまえに、だれかが一度1人でサビを歌って、そのあとに、全員でまた、サビを歌うと。うまくいけば感動のダメ押しですね」

指揮者の青山君は、眼鏡のブリッジを指でおさえながらていねいに説明してくれた。

私の中では、ひかりの話していた脚本家志望の二谷君と青山君ってちょっと似ているイメージなんだよね。

「よさそうだな。よし、試しに、前田未来。やってみてくれ」

先生が急に私の名を呼んできて、はっとした。

「わ、私がですか？」

「ああ。たのむ。よし、はじめ！」

前下がりに切られたボブをゆらしながら、風見さんがピアノを弾きだしてしまった。

イントロが終わり、みんな歌いだす。

ちょっと、待って、なんで、私が1人で歌うことになっちゃったの？

1人で歌うってすごいことだよ。

先生も、気まぐれのように生徒で実験しないでください！

そして、あっという間にBメロが終わり、青山君とピアノの風見さんが私を見た。

ここで、歌えってことだよね。

ひかり、助けて！　覚悟を決めた。

「あの日君と見た花火　あのとき君と見あげた夜空」

無我夢中で歌い終えると、みんなが繰りかえし、もう一度歌う。

そして、伴奏が終わり、青山君のタクトがぴたりと止まった。

先生がパチパチパチパチと、拍手をすると、つられて、クラスのみんなも手をたたいてくれた。

「これ、いいな。感動が二回来るぞ」

先生は満足そうにうなずき、他からも「よかったね」「うん」なんて声が聞こえてくる。

そうなの？　よかったの？　こっちは先生のムチャぶりでなんだか、よくわからなかったけど。

「よし、それじゃ、ソロをいれるか。さあて、だれが歌うか決めないといけないんだが、前田、どうだ？　やるか」

先生が私を見る。

い、いやだ。冗談じゃない。今だって、すごい勇気と覚悟で歌ったんだから。

ところが……。

「うちも、未来がいいと思う！」

静香がのりのりの大きな声で賛成した。

ちょっと、静香！

そして、とどめに風見さんが、「前田さん、いいと思う」とつぶやいた。

待ってよ、やめてよ、きっぱりと断ろうとしたとき。

「けど、前田さん、学校休むじゃない」

「ソロなんて大切なことまかせていいの？」

そう言ったのは、夏川さんと秋山さんだった。

この2人は冬野さん、鈴木春さんって子とも仲がよく、4人とも名前に季節がはいるってことで、やたらと結束力が強い。

それだけならいいんだけど、きゃっきゃしながら、クラスを自分たちの思い通りにしていくところがあって。

悪意はないんだろうけど、時々、かちんとくることがある子たちで。

今のセリフに、私は、かなり、かちんときてしまって。

たしかに、病院だ、熱だ、関節が痛いって私はよく学校休みますけど。

だからといって、別に、あなたたちになんの迷惑もかけていませんけど。

ふつふつと小さな怒りがこみあげ、それが沸点に達したとき。

「先生、私、ソロ歌います」

思わず、言ってしまった。

「よし、じゃあ、このやりかたでいいな。もう一度、行くぞ」

青山君が先生の言葉にうなずき、タクトをふりだした。


放課後の合唱の練習が終わり、校門を出ると、静香がやってきた。

「未来～、おつかれ。って言いたいんだけど、ごめん。うち、ひょっとして余計なこと言っちゃった？　未来の病気のことぜんぜん、考えてなかったなって」

静香は申し訳なさそうにもぞもぞとしゃべっている。

「ぜんぜん気にしないで。合唱で悪くなったりはしないよ。はじめは自分が1人で歌うことにとまどったけど、これでよかったのかなあって。じつはね、発表会にひかりが来るの」

「え！　それは、昨日、告白に成功したってこと？」

「ううん。そこはだめだったんだけど」

私は静香に神社でのこと、そして翌日のひかりのことを話した。

静香は、大宮さんに会ったことにおどろいていた。

「へえ、あの大宮まりんって、初めて会ったときは、こいつめって思ったけど、いい子なんだね」

私はしっかりとうなずく。

「龍斗のときも思ったけど、私って、大して知りもしない子を勝手に決めつけてるときがあるのかも」

すると、静香が「う〜ん？」と私の顔をのぞきこんできた。

「未来、大宮まりんさんのこと、友だちとして、好きになりかけてない？　もう、未来と龍斗って大人っぽいから、いろんなことに気づいちゃうんだろうけど、あの子はやっぱり、まだまだライバルだよ。だから、発表会の日、ちゃんと気持ちを伝えるんだよ」

そうしたいし、そのつもりだけど、本当に伝えられるのかなあ？

「そうだ、龍斗のことだけど、この間、偶然に道で会ったとき、スーパーの袋を持っていたの。買い物したり、家のこともやっているんだって。えらいよね」

静香は、「え」とおどろき、しょんぼりと下をむいた。

「そうなんだ。大変なんだね。かわいそう」

静香の意外な反応だった。

てっきり、静香のことだから、「うわあ、あいつやりそう！」とか、もっとテンション高い反応をするかと思っていたんだけど。

静香はいいお父さんとお母さんがいるから、龍斗に同情しちゃうのかな？

「静香、親と2人暮らしってそんなに悪くないよ」

「え？」

「龍斗だって、お父さんとお母さんの喧嘩を見て、どっちかを応援して、どっちかを嫌いになったりするよりは、お父さんと男同士のノリで暮らしたほうが楽しいって。大家族で暮らすのとは別のおもしろさがあるって。スーパーの袋を持っていた龍斗、そういう顔していたもん」

公園で、ひかりと話したときに思った。

ひかり、自分のお母さんがお父さんについてしみじみ話すなんて見たことないって言っていたけど、うちの場合はお父さんが死んじゃったから、お母さんは私と2人だけのときに、しみじみ話してくれるんだ。

お母さんと2人で暮らしていてさびしいと思ったこともあったけど、ひかりの話、それと、龍斗の前むきな表情に、私自身も考えがかわった。

ううん、かえてもらえた。

すると、静香が言った。

「そうかもね。あんまりかわいそうとか大変そうみたいな目で見るのはよくないかもね。未来の言葉、説得力あるよ。やっぱり、龍斗から告白されただけあるよね」

「そ、そんな。それってもう昔のことでさ」

私はごまかすように笑ったけど、静香はちょっと不機嫌そうに見えた。

でも、気持ちを切り替えるように、ぱっと顔をあげる。

「ねえ！　合唱でソロの話がでたとき、うち、若林先生は絶対に未来に歌わせるって思ったんだ」

「ええ？　どうして？」

「それは、歌っているとき、未来がいい顔をしているから。うちは前の列にいるから、未来の顔は見えないけど、未来の顔を見ている若林先生の顔は見える。先生、未来をみながら満足そうにうなずいているんだよ。未来、よっぽど、ひかりへの想いをこめていい顔で歌ってるんだよ」

「まさか、ありえない！　静香の考えすぎじゃないの？」

「ちがうちがう、絶対にそうだって！」

私は、はずかしくて病気が再発したんじゃないかってぐらいに体が熱くなってきた。

静香がそこに気づき、私にふれ、「あちちち、やけどしました～」と笑う。

「もう！」

私もふくれながら笑い、いつもの場所で手をふってわかれた。

私はその夜、ひかりに手紙を書いた。

ひかりへ

日曜日は、ひさびさに会えてすごく楽しかった。
電話だと、声しか聞こえないもんね。
顔と顔を見て、話すってぜんぜんちがうよね。
発表会の合唱のことなんだけど、私、ちょっとだけソロで歌うことになりました。
あんまり、上手じゃないけど、心をこめて歌います。
うちのクラスはトップバッターだから早いけど、がんばって、早起きして、来てね！

未来より

便箋を折りたたみ、封筒にいれた。

14章　君に誤解をされたくない

翌日、火曜日の三時間目。

本当は体育なんだけど、本番がせまってきたので、音楽室で合唱の練習になった。

公園では自分の気持ちを伝えられなかったけど、この歌の力を借りて、ひかりに気持ちを伝えたい。

そう思って一生懸命に歌った。

ソロの部分も、だんだん慣れてきて、昨日ほどは緊張しなかった。

みんなで歌い終えると、先生は「いいぞ、聞いてると、泣けてくるぞ」とおおげさなことを言い、どっと笑いが起きると、鈴木春さんが言った。

「先生、前田さんのソロの箇所、男子はいいんですか？」

先生はきょとんとした顔をしている。

私も意味がよくわからない。

けど、次々にあちらこちらから声があがりだした。

「私も、そう思った。男子もだれかソロで歌うとか」

「歌詞が君と見た花火だから、前田のとなりに『君』がほしいんだよな」

「わかる、わかる、その感じ」

音楽室は、『君』っていう歌詞に合わせて私1人で歌うんじゃなく、男子のだれかと2人のほうがいいんじゃないかってどんどん盛りあがっていく。

言われてみると、そうなのかな？　自分では、よくわからない。

すると、青山君がみんなの考えをまとめた。

「つまり、前田さんのソプラノに合わせていっしょにアルトを歌う男子がほしいということですね」

「そうそう、そういうのがいい～！」

女の子たちがいっせいに高い声をだす。

「よし、一度、それで、やってみるか。ええと、だれがいいかな」

先生が、左半分にいる男の子たちの顔をながめていると、だれかが言った。
「先生、一番、音程が安定しているの龍斗です」
すると、次々に「おれも、自分が不安なときは龍斗に合わせている」「龍斗は確実」と
龍斗を推薦する声が聞こえてきた。
とうの龍斗は「え、え」とかなりとまどっている。
私もかなりあわててしまう。だって……。
けど、龍斗のとまどいも私があわてていることも無視するかのように、先生が言った。
「よし、とりあえず、チャレンジだ！　龍斗、前田、たのむぞ！」
ピアノ伴奏がはじまり、みんな歌いだしてしまう。
ちょっと、ウソでしょ？
そして、歌がすすむと、先生が私と龍斗にちらりと視線を送ってきた。
ここからだ！
私の歌声に龍斗のアルトがまじりだす。
なにがなんだかわからないまま、歌が、ピアノの伴奏が終了した。

すると、音楽室がどっと沸いた。

先生が「いやあ、今までで一番よかった」と手をたたくと、みんなも拍手してくれた。

そうなの？　よかったの？

「よし、龍斗、たのんだぞ」

先生に言われ、龍斗の「はあ」という小さな声が聞こえてきた。

どうやら、龍斗と２人で歌うことが決定したみたい。

同時に、私の心に小さな不安がうまれる。

考えすぎかもしれないけれど、ひかりに誤解されないかな。

ひかりと龍斗はおたがい、サッカーチームのキャプテン同士で、友だちでもあるけどライバルでもあって。

それで、龍斗と２人で歌ったあとに、ひかりに気持ちを伝えるって……。

やりにくいっていうか、あ、でも、考えすぎだよ、きっとそうだ。

すると、指揮の青山君が思わぬ提案をしてきた。

「前田さんと龍斗、はなれているより、最前列の真ん中に２人でならんだほうが歌いやすいんじゃないですか？」

ちょ、ちょっと、待って。それって、ちょっとしたロミオとジュリエット状態じゃない？

でも、先生もまわりの子たちも、私のとまどいには気が付いてくれず、「いいね、いいね」のノリで、私と龍斗は最前列の真ん中にならばされてしまった。

私も龍斗も困っていると、追い打ちをかけるように、ピアノ伴奏者の風見さんがさらに提案してきた。

「そこまでやるんだったら、前田さんと藤岡君は、Bメロを歌いながら、2人で舞台の一番前まで歩いてしまえばいいと思うの。その場所で、2人で歌って、あとは2番が歌い終わるまで、2人でずっとそこにいる」

風見さんはあまり自分から意見を言わない物静かな子だ。

でも、そんな風見さんの提案は、逆に説得力があり、「それ、いいね！」とクラス中の意見が一致してしまった。

そして、実際にその通りに歌ってみると、みんなのテンションがあがった。

「龍斗と前田が2人で花火見たってかんじだな」

「いいよ。単なる合唱から、エンタメっぽくなったよ」

周囲からいろんな言葉が飛びかい、となりの龍斗と目が合う。

「弱ったな。でも、ま、やるか」

「そうだね、がんばろう」

私はそう答えるしかなかった。


音楽室での合唱の練習が終わり、教室にもどる途中。

廊下を歩いていると、うしろのほうから、夏川さんたちの小さな声が聞こえてきた。

「あれかな、若林先生は、前田さんと龍斗がお似合いだって、思ってるのかな？」

「歌だけじゃなく、見かけのことも考えて、龍斗にしたとか？」

「ちがうよ。先生じゃなく、みんなが思っているんだよ」

自分の足音と、心臓の音が重なる。

どうしよう、ひかりと大宮さんと同じパターン、ロミオとジュリエットになっちゃった。

これで、ひかりに好きって言うのはかなり抵抗があるよ。

「未来、よかったね。見せ場がふえて。ひかりが来てくれるんだから、がんばりな」

ならんで歩いている静香がはげましてくれた。

「そ、そうだね」

「ちょっと、顔がこわばってるよ。まさか、ひかりに龍斗との仲を誤解されたら、どうしようとか考えてないでしょうね」

静香が私をたしなめる。

するどい！　このかわいい親友は、どうして、いつも私の本心を見抜いてくるの？

「そ、それはないよ。ただ、失敗したらどうしようって」

「大丈夫。すごく、息が合ってたもん」

静香がにっこり笑うと、うしろから龍斗がやってきた。

「未来、放課後、ちょっと練習しないか？　おれたち、けっこうでかい役割だぞ。しかも、今日、火曜で本番は土曜日だよな。音程はずれたりしたら、クラス全員のやつらの今までの練習も台無しになる。風見、伴奏つきあってくれるっていうからさ」

いつもは余裕しゃくしゃくの龍斗だけど、さすがにあせっていた。

そうだよね、本番まであと数日だもん。

「わかった、練習しよう」

「静香、悪いけど、おまえの親友かりるぞ」

「いいですよ。うちは1人で帰るから、2人でがんばりなさい！」

すねながら応援してくれた静香がおかしくて、私と龍斗は笑った。


放課後。

私、龍斗、風見さん、そして、青山君もつきあってくれ、音楽室で練習をはじめた。

と、風見さんが、いきなりすごい提案をしてきた。

「ねえ、2人で前にでてくるだけじゃなく、むかいあったら？」

「ぼくも、同じこと思っていたんだ。よし、やってみて」

青山君のテンションもあがる。

私と龍斗はわけもわからず、言われた通り、サビを歌う直前にむきあった。

龍斗と目が合うと、心臓が小さく鳴った。

そのまま「信じているよ　信じているのさ」と歌っていくと、不思議な空気が流れだす。

言われたとおりにしているだけなのに、心臓の音がかすかに速くなってしまう。

歌い終わると、青山君は「いいよ、いけるよ」と興奮してタクトをふりまわし、風見さんも満足そうにほほえんでいた。

「そうか？　みんな、ひくんじゃないか？」

龍斗は、遠まわしに2人の提案を拒否しようとしていたけど、青山君も風見さんも「絶対にむかいあったほうがいい」と押し切られてしまった。

どうしよう……。

ひかり、お願いだから、へんな誤解はしないで。

私は、この歌に想いをこめて、その力を借りて、歌い終わったあと、ひかりに、伝えたいことがあるの！

15章 むかいあわせの2人

音楽室での練習を終え、私たち4人はランドセルを背負い、校門をでた。

家の方角が、風見さんと青山君は左で、私と龍斗は右だったので、私と龍斗は2人で帰ることになった。

「妙なことになっちゃったな」

「え、あ、そうだね」

私は龍斗に話しかけられ、はっとした。

「だれかさんのこと、考えていただろ？」

龍斗がポケットに手を突っこみ、口笛でもふくかのように空を見あげた。

心のど真ん中を見抜かれ、どきりとする。

鋭いのは、静香だけでなく、龍斗もだった。

「べ、べつにだれのことも考えていないよ。本番、音程くるったらどうしようかなって」

「それは、こっちも同じだよ。青山が言ってただろ。さいごは気持ちだって」

「そうだね、気持ちだね。どう？　新しい生活スタイルは？」

「父さんに、エプロン買ってもらっちゃった」

「マイエプロン？　すごいじゃん」

私が笑うと、龍斗も笑ってくれた。

すると、ふと、真顔になった。

「なあ、未来って、夕飯、1人のときある？」

「時々ね。お母さん、おそいとき多いし。でも、帰りがおそいってことは、お客さんが多いってことで、お母さんがアロマセラピストとして人気ってことでもあるから」

「考えかた、大人だな」

「龍斗には負けるけど」

「そうか、はは」

龍斗は笑いながら、つけたすように、そしてとうとつに言ってきた。

「よかったら、1人で食べるときがあったら、うちでいっしょに食う？」

「え……」

どう反応していいかわからず、ただ、歩き続ける。

「いや、父さんがさ、おれが1人で夕飯食べること気にしていてさ。そんな6年生、いっぱいいるし、1人でテレビとかスマホとか見ながら飯食うの楽しいぜって言ったんだけど、もし、クラスで1人で食べてる子がいたら、家につれてくれば？　って言いだしてさ」

なんて、答えればいいか、すごくむずかしかった。

もし、これが、静香からの提案だったら、静香が急にお父さんと2人暮らしになって、いっしょに夕飯食べようってさそってくれたなら、大喜びでOKするんだけど、相手が龍斗だと、男の子だと、なんて答えればいいのかわからない。

気が付くと、しばらくの間、下をむいて黙って歩いていた。

「ごめん、ちょっと、ずうずうしかったな」

龍斗がしまったと、気まずくなった空気を消そうとしてくれる。

「ううん、私こそ」

弱ったな。こういうとき、静香だったら、おもしろいことでも言って、気まずいことなんてなにもありませんでしたってオチにできるんだけど、私にはそういう才能がまったくないんだよ。

わんわん！

散歩をしている犬が威勢よく吠えてきて、主人のおじいさんがリードをひっぱる。

「びっくりしたな。で、大木ひかりは元気？」

「あ、うん。元気だよ」

「大木にもうちの学校の発表会に来てもらえば？　あ、だとしたら、2人で歌うのが余計か」

「余計ってことはないよ。あ、ひかりは、さそってはいるの」

龍斗には、そう言いながらも、2人でむかいあって歌ったあとに、ひかりに気持ちを伝えるってなることに、どこかで引っかかってはいた。

もし、ひかりのロミオとジュリエットみたいに、みんなから冷やかしの声とか聞こえてきたら、ひかり、どう思うんだろう？

思わず下をむいてしまったとき、龍斗の足が急にぴたりと止まった。

私もつられて、止まる。

いやな予感がした。

今、龍斗と2人で歌うことを、ひかりがどう思うかって心配していることを見抜かれたのでは？

静かに顔をあげると、龍斗と目が合った。

心臓がどくんと鳴る。

「じゃ、おれ、こっちだから。明日、また練習よろしく」

「う、うん。よろしく」

龍斗は背をむけ、右に曲がって行った。

そうか、新しい家、ここで、曲がるんだっけ。

ほっとして、胸をなでおろしたけど、すぐに、自分で自分のほほをぱんぱんとたたいた。

未来、ひかりに気持ちを伝えることと、龍斗と2人で歌うことは別に考えなさい！

ひかりに龍斗と2人で歌っているところをどう見られるんだろう？　とか考えていると、

龍斗に気をつかわせてしまうし、練習につきあってくれた、風見さんや青山君にも悪い。

ふうと、息をはき、「よし！」と歩きだす。

すると、なぜか、ひかりの「絶対に来るな」っていう電話での声が思いだされた。

ひかりは、ロミオとジュリエットに来るなって言ったのは、もしかしたら、私がひかりと大宮さんのことをどう思うか、気にしていたのかもしれない。

今の私みたいに。


家に帰り、ソファにランドセルをおくと、電話の着信音が鳴った。

ひかりかも、と思いながら受話器をとると、お母さんの声が聞こえてきた。

「未来。ごめんね、今日もおそくなりそうなの」

「ふふ、すごいね。そのうち、話題の人気アロマセラピストとかって、インタビューとかきちゃうんじゃない？」

「大人をからかわないの。夕食、冷凍庫にいろいろあるからね。体、冷やさないようにね」

「はいはい」

電話が切れた。

最近のお母さんはすごく忙しそうで、よくよく考えたら、学習発表会のこととか、ぜんぜん話していない。当日、来るのかな？

あ、そういえば、お母さんって、以前、遊園地の帰りに、龍斗が私を送ってきてくれた時から、私が龍斗を好きって誤解しているんだっけ。

ということは、私と龍斗が、２人で歌うところなんか見ちゃったら、さらにかんちがいしちゃうんじゃない？

弱ったなあ。

あ、それに、もし、ひかりとお母さんが会ったらどうなるんだろう？

お母さんには、手紙を送ってくれる大木ひかりって子は、サッカーの試合の応援で知り合ったチアガールの女の子って説明している。

もし、お母さんとひかりが偶然に会って、こちらは大木ひかり君ですって紹介したら、お母さん、びっくりしちゃうし、男の子と文通していることがばれちゃうよね。

どうしよう？　でも、お母さん、きっと、当日仕事だよね。
そうだ、そうだ、お母さんは来ないと、自分に言い聞かせた。

16章　発表会の前夜のけんか

あっという間に、金曜日の放課後、クラス全員でさいごの練習となった。

明日が本番ってことで、クラス全体が盛りあがっている。

もちろん、私も盛りあがっているけれど、やっぱり、合唱よりも、歌い終わったあと、ひかりに会って、そこで、どうなるの？　って、ことのほうに、胸が高鳴っているかも！

帰り道でも、静香に、「明日、ひかりはきっと来るよ、伝えなきゃだめだよ」って、はっぱをかけられ続ける。

でも、月曜日に手紙を送ったけど、返事も、電話もないし。

家に帰って、すぐにポストをのぞいたけれど、ひかりからの手紙はなかった。

すると、電話が気になってしまい、宿題のドリルは自分の部屋の学習机ではなく、もしものときに、すぐにとれるようにと、リビングのテーブルでやった。

けど、ひかりからの電話はなく、かわりにお母さんから、夜おそくなる、明日の発表会は観に行けないとだけ、かかってきた。

お母さんが来てくれないことは、ちょっとさびしいけど、ほっともした。


その夜の、夕飯は、冷凍庫にあった、ハンバーグとごはんを解凍したものだった。お豆腐のお味噌汁だけは自分で作って、リビングで、テレビを見ながら、食べる。

テレビがお友だちのごはんも、たまにだったら楽しかったりもするんだけど、あんまり連続だと、やっぱり、おいしくない……かな。

そのとき、玄関のチャイムが鳴った。

こんな時間にだれだろう？　お母さんだったらカギを持っているし、ちょっとこわい。

おそるおそる、玄関にむかうと、声がきこえてきた。

「未来、うち！　静香！」

その瞬間、心がぱっと明るくなり、カギをあける。

「こんな時間にどうしたの？　あ、わかった！　宿題のドリル、見に来たんでしょ？」

静香が来てくれたことがうれしくてたまらなかったのに、静香は対照的に肩を上下させながら私をにらんでいた。

「……どうしたの、静香。おこってる？　走ってきた？　え、なにかあったの？」

「未来、うちね、そうなるんじゃないかと思っていた」

「え？」

「思ってはいたんだけど、未来のことだから、大丈夫って自分で自分に言い聞かせていた。つまり、未来を信用していた！」

静香は本気でおこっていた。でも、よくみると、どこか、泣きそうでもあった。

「とにかくはいって。静香の大好きなビスケットもあるから」

「いらない！」

それはすごく強い声で、自分の肩がびくんと動いた。

「ねえ、ちょっと、説明してよ。なにがあったの？」

すると、静香は感情的な声をだした。

「ひかりのこと考えながら歌うな！」

「え……」

「あ、いや、ちがうな、まちがえた。えーと、ひかりのことを考えて歌うのはいいのか。気持ちがこめられるってことで。えーと」

静香は混乱している自分の頭を整理し、言いたいことが決まると、顔をあげた。

「明日、ひかりが来るからって、龍斗をじゃまみたいに思うな！」

その目は真剣で、すごく迫力があって、こんな静香は見たことがなかった。

「龍斗がじゃまなんて、私、思ってないよ。ねえ、なにがあったの？」

「未来は思ってないかもしれないけど、龍斗から見ると、そう思えるんだよ！」

どきりとした。

龍斗と2人で歌うことが決まり、練習したあとの帰り道。

龍斗が、大木が来るなら「2人で歌うのが余計かな」って言っていたのは、はっきりと覚えている。

「さっき、龍斗とファミレスのドリンクバーで会ったんだよ。うち、今日の夕飯、ファミレスだったんだ。そうしたら、龍斗も偶然、お父さんと来ていて。それで、うちが『明日、未来とがんばってね』って言ったら、はじめは『おお、ありがとう』って明るく話していたけど、さいごにぽろって『未来とひかりが同じ学校で同じクラスだったらよかったんだよな』って言ったんだ。すごく、さびしそうな顔してたんだ。うちはね、すぐにピーンときた。未来はどこかで、龍斗と2人であの花火の歌詞を歌うことを、ひかりにどう思われるかとか、告白しづらくなるんじゃないかって気にしているんだって。龍斗はそこ、わかっちゃったんだって」

静香は、興奮して、必死にいっきにしゃべり終えると、息を切らしていた。

私は、そんな静香をなだめるように言った。

「あのね、静香。たしかに、私、ひかりに誤解されたらどうしようって考えたことはある。けど、一応、クラスの代表みたいなポジションだし、青山君や風見さんの協力もあるし、そういうのは、頭の中からがんばって消した！」

一瞬、龍斗といっしょに夕飯を食べないかってさそわれて、断って気まずくなったことを話そうかと思ったけど、やめた。

取りかたによっては龍斗が悪く思われてしまいそうだから。

けど、静香は、私に対して言いたいことがまだまだ残っているようで、それをかきあつめるようにぶつけてきた。

「がんばって消したのがおそかったんじゃない？　最初に言ったでしょ。うちは未来を信用していたって。龍斗は未来にふられたけど、本人、あきらめた顔しているけど、内心は未来のことまだまだたくさん好きなんだよ。そういう2人で、2人だけで歌の練習しているんだったら、未来は龍斗に気をつかわないといけないよ。未来はさあ、大人ぶっているけど、けっこうろこつに感情が顔にでるんだよ。その一つ一つで龍斗は勝手になにかを感じちゃうの！」

　ちょっと、カチンときた。

　そりゃ、龍斗は友だちだし、いっしょに歌うわけだから、気はつかわないといけないかもしれない。けれど、今の静香は、私がひかりのことを好きってことに、まったく理解を示していない。

　私のひかりへの気持ちより、龍斗のことばかり考えている。

　ついさっきまで、いっしょに帰ったときは、明日、ひかりは絶対に来るよって応援していてくれたのに。

静香は、いつだって、私のひかりへの想いの一番の理解者のはずなのに！

「感情が顔にでるって。私の表情で、龍斗が勝手になにかを感じてしまうとしたら、それは、もう、どうしようもないことじゃない？」

「ど、どうしようもないって？　龍斗がさびしい思いしても、それはどうしようもないわけ？　未来、ずいぶん、冷たいね！」

静香はすごい剣幕だ。

おかしい。いつもなら、私の味方をしてくれるのに。

どうして、そんなに龍斗に？

そのとき。頭の中で、なにかが割れたような音がした。

まさか……いや、そんなことは……あるはずがない。

でも、本当にあるはずがないって、言い切れる？

すると、コンコンと、玄関のドアをだれかがたたく音がした。

「静香、なに、大きな声をだしているんだ？」

静香のお父さんだ。

「なにしに来たの？」

静香が不機嫌そうにドアをあけると、静香のお父さんがケーキをムシャムシャ食べながら立っていた。

「ど、どうしたんですか、こんばんは」

私はあいさつをする。

「あ、未来ちゃん、こっちこそ、こんばんは。こいつ、ファミレスでデザートにこのケーキ食べていたら、いきなり、未来ちゃんに話があるって、飛びだして行っちゃったんだよ。どうせまた、宿題を未来ちゃんに見せてもらおうとか、わがまま言っているんだろ。いいかげんにしろよ」

すると、静香が、仲のいいお父さんをきっとにらんだ。

「今、未来と、親友同士の大切な話をしているの。うちと未来の間に余計な人はいらないの。お父さんでもはいれないの。先に帰って」

静香はお父さんを玄関から追いだそうと、押しだしはじめた。

「ええ？　おれ、はいれないのかよ～？　そんな～」

静香は、とうとうお父さんを押しだし、ドアのカギをしめてしまった。

「わかったよ、お父さん、先に行くけど、静香もすぐに帰って来いよ」

しめたドアのむこうから聞こえてきた。

おじさんが帰ると、玄関がしんと静まり、静香は下をむきながら呼吸を整えていた。

「ケ、ケーキ食べながら、歩いてくるうちのお父さんって、お、おかしいね」

静香は困りながら笑った。

どうやら、思いがけないお父さんの登場で、少し落ちついてきたみたい。

「ご、ごめん、未来。なんか、うち、ちょっと、言ってることめちゃくちゃだったね。いきなり、ここに来てギャーギャー騒いで。なんかね、自分でも最近、自分がわからないんだよ」

「そういうことは、時々あるよ。私は、そのたびに静香に助けられてきたんだよ」

静香が「え」と小さな声をだし、顔をあげた。

「みらいがないのに未来。うるさいのに静香」

なぜか、その言葉が口からこぼれ、私と静香は目を合わせる。

「なんかさ、いきなり来られて、いろんなこと言われてパニックになったけど、さっき、静香、おじさんに、私たちは親友で、その間にはだれもはいれないって言ってくれたじゃない。それ、聞いてたら、私たちの名前のこと思いだしちゃった」

「未来……」

静香は大きなきれいな目で、まじまじと私の顔を見てくれた。

さっき思ったことが、当たっているのかどうかはわからない。

でも、そんなことはどうでもよくて、静香と私が親友だってこと、それが一番大切なんじゃないかな。

すると、静香がゆっくりとしゃべりだした。

「うち、未来に内緒にしていることがある。内緒っていうか、まだ、だれにも言ってないことなんだけど。自分でも自分の気持ちがはっきりわからないんだけど。でも、今、一つだけはっきりした。自分の気持ちがちゃんとわかったら、未来に一番に伝える。って、いうか、未来以外にだれにも言わないし、他の人には話せない」

「うん、待ってる。私に一番に言ってね。約束だよ」

そう答えると、静香の顔がふわりと明るくなった。

私もつられるように気持ちが落ちついた。

「明日、合唱、がんばろうね。ひかりに好き好き好きって百回ぐらい言ってあげな」

静香は笑いながら帰っていった。

17章　君の気持ちがわかったとき

発表会の日になった。

うちのクラスはトップバッターで、朝の9時半からはじまる。

ひかり、本当に来てくれるのかな？

それより、なにより、もし、ひかりが来てくれたら、ちゃんと告白できる？

龍斗と2人で歌うところ、音程はずれない？

心臓がばくばくして、朝食のコーンフレークがうまく飲みこめないでいると、むかいでスマホをいじっていたお母さんが、こっちを見てにっこり笑った。

「未来、お母さん観に行けることになった！　やった！」

スプーンをぎゅっとにぎりしめた。

うれしいけど、もし、ひかりと鉢合わせになったら、なんて紹介すれば……。

じつは、手紙を送ってくれる大木ひかりは男の子でしたとは、今さら言えないし、ひかりとの手紙のやりとりは、私にとって宝箱にしまっておきたいぐらい、大切なヒミツだし。

「どうしたの？　お母さんが行くといやなの？」

「そ、そんなことは」

がんばって、コーンフレークをぜんぶ平らげた。

教室にはいると、みんな、はりきって発声練習をしていた。

おなかに手を当て、息を鼻にかけた鼻濁音という声をだし続けている。

「未来、おはよう。うちらもやろう！」

静香が私の背中をたたいたので、いっしょにおなかに手を当て、腹式呼吸をした。

「みんな、おはよう。あんまり、緊張するなよ。ちゃんと練習したんだから。音程より、ハートだ、ハート」

若林先生が、そういって、自分の胸をたたくと、すぐにだれかがつっこんだ。

「緊張しているの先生じゃないですか？」

「バカ、大人をからかうな」

みんな、どっと笑うけど、先生より、だれより、この私が一番緊張している。

だって、合唱だけではなく、そのあとに、さらに緊張することが、ひかりに会って胸のおくの想いを伝えるってことが待っているから。

ひかり、来て、ううん、やっぱり、来ないで。

ちょっと、もう、自分で自分がわからないんだけど。

スカートのポケットにそっと手をしのばせ、ひかりがくれたおみくじにふれる。

だいじょうぶ、だいじょうぶ、これがあれば前田未来は、歌でも告白でも、なんでもできると自分にいいきかせた。

そして、とうとう、体育館に移動となった。

みんなで教室をでて階段をおりると、龍斗がとなりにやってきた。

「未来、顔かたいな。大丈夫か？」

「急にいっぱいいっぱいになっちゃって。龍斗は、緊張しないの？」

「おれ？　まあ、音程はずしたら、それもそれで、いい思い出だろ」

龍斗の言いかたは、あまりにもいいかげんで、私は思わず口をあんぐりとあけてしまった。

「未来、口に虫がはいるぞ」

思わず、ぷっとふきだしてしまい、顔の筋肉がやわらいだのが自分でわかった。

「せっかく、大木がくるんだから、そういう顔で歌えよ」

龍斗が、小走りで先に階段をおり切ると、私の体はかすかに熱くなった。

龍斗って、大物すぎて、ちょっと困っちゃうかもね……。


体育館につくと開会式がはじまった。

今日は偶数の学年、明日は奇数の学年が発表をする。

客席は、前半分は私たち生徒で、後方はその家族とお客さんだ。

ひかり、いるの？

ひかりが来ているのかどうかわからないまま、みんなと壇上にならぶことになってしまった。

「最初の発表は、6年3組　合唱。『君との約束』です」

アナウンスが聞こえると、体育館がしんと静まった。

全員でおじぎをし、顔をあげるとたくさんのお客さんの顔が見えた。

ひかりをさがそうかと思ったけれど、緊張しちゃって、そんな余裕はない。

青山君がタクトをふり、風見さんがピアノを弾きだす。

はじまってしまった！

「いつも1人だった、いつもさびしかった〜」

みんなでAメロを歌う。

「さがしていたんだ　なんでも話せるだれか　笑いあえるだれか」

Bメロがはじまり、私と龍斗はクラスの列から抜けだす。

さがしていたんだ、という歌詞を歌ったとき、直感した。

ひかりはいる。この体育館のどこかに、必ず座っている。

そして、青山君がこっちに視線を送り、私と龍斗はむかいあった。

息をすい、耳をピアノの伴奏に、心は、一年前の夏、ひかりとの出会いに、集中させた。

想いをよせた。

「あの日、君と見た花火。あのとき君と見あげた夜空」

龍斗と私の声は、おどろくほど完璧に、一つのハーモニーとなった。

ひかり、届いた？　聞こえた？

そして、さいごは全員でサビを歌う。

ひかり、私、今なら、今日なら言える気がする。

病室でいっしょに花火を見たときから、ずっと、あなたが好きですって！

歌い終わったら、さがしに行くから待っていて！

「信じているよ　信じているのさ　もう一度君に会える日を」

歌い終えると、たくさんの人が拍手をしてくれた。

18章

今、2人の目にうつるもの

おじぎをし、舞台わきにもどった瞬間、クラス全員、大騒ぎとなった。

「たくさん拍手もらえたね！」

「あんなに練習したのに、あっという間だったね」

「おれ、歌いながら泣きそうになっちゃった」

みんな、大はしゃぎだった。

指揮の青山君と、ピアノ伴奏の風見さん、そして、龍斗はほっとしていた。

「ほら、次のクラスが準備にはいるから、さっさとでろ。はしゃぐのはそのあとだ」

若林先生の言葉で、私たちは舞台わきから客席のほうにでた。

ひかり、どこにいるの？

次のクラスの発表がはじまるまでに5分間の休憩があるので、その間にさがしたい。

「未来、あれ、ひかりじゃない？」

静香が小走りでうしろからやってきた。

「え？　どこ？」

「今、ちょうど体育館、でて行ったよ。スポーツバッグかけてたよ！」

スポーツバッグ？　まさか、サッカーの練習で帰っちゃうとか？

動揺していると、アナウンスが流れだした。

「まもなく4年1組の演劇、ピーターパンがはじまります。トイレはお早めにおすませください」

どうしよう？

ひかりを追いかけたいけど、他のクラスの発表は必ず観ないといけない。

5分休憩じゃあ、気持ちを伝えるなんて、できない。間に合わない。

すると、静香が私のうでをひっぱり、小さな声をだした。

「未来、なに、泣きそうな顔をしているの！　ひかりのところに行っちゃいなよ。1人ぐらいいなくてもわからないよ」

静香と数秒間、見つめあい、そのかわいい顔でウインクされたとき、覚悟が決まった。

「ありがとう、静香」

静香が笑ってうなずいてくれると、私は、先生たちに見つからないよう、急いで体育館をでた。

ひかり、まだ、帰らないでいて！

体育館をでて、校門のほうに走ると、ひかりのうしろ姿が見えた。

大声で名前を呼びたいけれど、どこかに先生がいたらと、こわくてできない。

けど、そのくせ、歌い終わったせいか、気持ちに勢いがあって、このまま走って、ひかりの背中に抱きついて、公園で言えなかったことを口にしてしまいそう。

ひかりは、足音に気づいたのか、校門のあたりで、こっちをふりむきおどろいた。

「未来！」

「よかった、間に合った」

胸に手をあて、呼吸を整えると、ひかりが、私のうでをつかみ、校門の塀の陰にひきよせた。

ひかりの手の感触に、力強さにどきりとする。

「よかったって、今、ここにいていいのかよ？　しかも、未来、うわばきのまんまじゃん」

ひかりは、きょろきょろと、どこかに先生がいたらとあせっていた。

思わずくすりと笑ってしまう。

「なに、笑ってるんだよ」

「だって、ひかり、先生の目とか気にするんだなって」

「気にするだろ。うちの学校だったら、『今はみんなといっしょに、他のクラスの発表を観ているはずだ』っておこられるぞ」

私もさっきまでは、気にしていたけれど、ひかりの顔を見ていたら、どうでもよくなってしまった。

ひかりに会えるなら、先生におこられるなんて、たいした問題じゃない。

ロボットが騒いでいるぐらいにしか思わないよ。

そう言いたかったけど、やっぱり、声にはできなかった。

ひかりは、落ちついたのか、それとも、私の気持ちが伝わったのか、うでをはなし、ふっと笑った。

「未来、歌うまいんだな。びっくりしたよ」

あの歌、気持ちがこめやすいの。そう言いたかったけど、結局、これも声にはならない。

「いい歌詞でしょ」

ひかりは、しっかりとうなずいた。

ひかりは空を見あげた。

「どうして、未来が、聞きに来いって言ったのかわかったよ」

ひかりの目には、今、この青い空は夜空に見えているんだろうね。

そして、花火もあがっているんだろう。

それは、私も同じ。

ひかりと私は今、おなじ景色を思いだしている。ううん、今、2人で見ているんだ。

校庭は、とても静かで、私たち2人しかいなかった。

自分の心臓の音がやたらと、はっきり聞こえてくる。

今、お母さんが通りかかったら、言ってしまえる。

お母さん、この子は大木ひかり。私と手紙のやりとりをしている子。

そして、私の初恋の人です。

お母さんがお父さんを想っていたように私も……。

「いい歌だったけど、なんだかなあ」

ひかりが笑いながら、小石をけった。

「なんだかなあって？」

「いや、なんつうか、そのさ、いきなり、藤岡龍斗とむかいあうことはねえだろって」

「え？」

ひかりは、ものすごく不満そうにポケットに手をいれた。

「合唱はよかったんだけど、そこがやたら気になるっていうか、なんつうか、おもしろくないんだよ」

本気で悔しがっているようだった。

男の子にこんなこと思ったらいけないのかもしれないけれど、なんだか、ひかりがとてもかわいらしく思えてしまい……。

胸がきゅっとしめつけられ、気がついたら、口からこぼれていた。

「ひかり、私、あのときからずっと同じだよ」

「同じ？」

ひかりが顔をあげ、目が合った。

私は、うなずく。

ずっと、同じだよ。出会ったときから、ずっと好き。もう、どうしようもならないぐらいに好きなんだよ。

そう言おうとした瞬間。

「未来！」

目の前のひかりが「え？　だれ？」という顔で、私のうしろのほうを見ておどろいていた。

ふりむくと、お母さんが立っていた。

そうだ、お母さん、来ていたんだ！　けど、こんなところに現れなくても！

「未来、今は、体育館にいなきゃいけないんじゃない？」

「お、お母さんは、なんで？」

「なんでって、未来の合唱聞いたら、仕事に行かないといけなくて。その子は同じクラスの子？　もう、帰っちゃうの？」

お母さんは、ひかりと、ひかりのスポーツバッグを見ていた。

どうしよう、ひかりを紹介する？　でも、なんて？

さっきは、堂々と紹介できると思ったけれど、実際にこういう状況になってしまうと、どうしていいのか、まったくわからない。

「は、はじめまして。大木ひかりです」

ひかりが、緊張した顔で、あわてて、おじぎをした。

手が地面につくぐらいに深く、勢いよく、頭をさげたものだから、スポーツバッグのポケットにいれていたパスケースや、数本のペン、メモなどが、ばさばさと地面に落ちてしまった。

私とひかりは2人そろって、あわててしゃがみ、落ちてしまったものを拾う。

拾いながら、おそるおそる、お母さんの顔を見ると口がぽかんとあいていた。

あれは、絶対に、大木ひかりって女の子じゃなかったかしら？　ってとまどっている顔だ！　どうしよう？

私は、ひかりと立ちあがると、一歩前にでて、祈るように声をだした。

「お母さん、よく手紙をくれる大木ひかり君」

お願い、お母さん、これ以上は聞かないで！　あとでちゃんと説明するから！

お母さんは、一瞬、絶句していたけれど、どうにか、私の祈りが届いたようで、

「そ、そう。あなたが大木ひかり君。いつも、未来にお手紙書いてくれて、ど、どうもありがとう」

と、動揺をかくしながら、自分の足もとに転がっていたボールペンを拾いあげた。

クリップに小さなバスが飾られている。

「水色交通……？」

お母さんは、ひかりが落としたボールペンを見つめながらつぶやいた。

そのペンに水色交通と書かれているみたい。

「あ、お父さんがまえに勤めていた会社なんです。あ、あの、こ、こちらこそ、いつも、いろいろと、未来さんに、お、お世話に、あ、あれ、な、なにを言えばいいんだ」

ひかりは、お母さんのとつぜんの登場に、パニックになり、真っ赤な顔をしていた。

なぜか、対照的にお母さんは、ペンを見つめたまま青ざめている。

「お母さん、どうしたの？」

お母さんは、はっと我にかえり、ひかりにボールペンをわたした。

「未来、とりあえず、体育館にもどりなさい。今は他のクラスの発表を観なきゃいけないでしょう」

「あ、う、うん」

そう言いながらも、ひかりをちらりと見てしまった。もっといっしょにいたい。

というか、結局、言えなかったじゃん！

「じゃあ、未来。おれも練習あるから。で、では、あ、あの、し、失礼します」

ひかりは、お母さんに頭をさげ、小走りで帰っていった。

お母さんの表情はこわばったままで、なんだか、とてもこわかった。

どうやら、私がついたウソがばれたことで、ひかりの印象が悪くなってしまったみたい。

どうしよう？

それから、体育館にもどって演劇を観たけれど、さっきのことばかりが気になって、内容がぜんぜん、頭にはいってこなかった。

ひかり、お母さんには、ちゃんとあやまるから。

そのあとで、ひかりのいいところ、たくさん話して、絶対に悪い印象を持たせないから安心して。

そして、今日言えなかったことは、次こそ、伝えるから！

そのときの私はまだ、お母さんが青ざめた本当の理由がわかっていなかった。

この世には信じられない悲しい偶然があるってことも。

私とひかりが、どうにもならない運命に引き裂かれていくなんて、知りたくもなかった。

第5巻につづく

あとがき

『君約』シリーズ、４巻「キモチ、伝えたいのに」を読んでくれてありがとう。

今回のお話には合唱のシーンが出てきますが、みんな、歌や音楽は好きですか？

私は、数年前に、病気ってわけじゃないんだけど、体がしゃきっとしない時があったんです。

そのとき、何年ぶりかに友人とカラオケボックスに行き、リズムに合わせて体を動かしたり、歌ったりしたら、元気になったの。

それ以来、音楽の力ってすごいんだなあと、家でも、原稿を一枚書いたら、歌ったり、踊ったり、そして、また一枚書く、みたいな生活をしています。

音楽が嫌いな子も、最近、私、元気ないなあって感じたら、ちょっとハミングしたり、リズムをとったりするといいかもよ。

そういえば、この４巻を書いているときに風邪がなかなか抜けなかったんだけど、久々に舞台を観にいったら、一発で治りました。

きっと、演じる人ってお客さんにすごいパワーを送ってくれるんだろうね。

音楽、踊り、演劇はひょっとしたら、人間が健康でいるために創られたものかもしれない。

と、考えている、今日、このごろです。

さて、今回は、ちょっと今後が気になる終わり方だったね。

次の巻では、未来ちゃんは修学旅行に行くんだけど、ひかりとは学校が違うから会えないよね。

え？　本当に会えない??

そして、静香の気持ちも気になるところ。

読んでいるみんなより、書く私のほうがハラハラドキドキしていま〜す！

みずのまい

※みずのまい先生へのお手紙は、こちらに送ってください。

〒101−8050　東京都千代田区一ツ橋2−5−10

集英社みらい文庫編集部　みずのまい先生係

たったひとつの
君との約束4巻
ありがとうございます！
今回はカバーラフのもうひとつの
イラスト案をあとがきにのせて
みました
こんな感じの2人でした
U35(うみこ)

たったひとつの君との約束 ～キモチ、伝えたいのに～

みずのまい 作

U35（うみこ） 絵

ファンレターのあて先
〒101-8050 東京都千代田区一ツ橋2-5-10 集英社みらい文庫編集部
いただいたお便りは編集部から先生におわたしいたします。

2017年10月31日 第1刷発行

発行者 北畠輝幸
発行所 株式会社 集英社
〒101-8050 東京都千代田区一ツ橋2-5-10
電話 編集部03-3230-6246
読者係03-3230-6080
販売部03-3230-6393（書店専用）
http://miraibunko.jp
装丁 中島由佳理
印刷 図書印刷株式会社 凸版印刷株式会社
製本 図書印刷株式会社

ISBN978-4-08-321399-1 C8293 N.D.C.913 190P 18cm

「みらい文庫」読者のみなさんへ

言葉を学ぶ、感性を磨く、創造力を育む……、読書は「人間力」を高めるために欠かせません。

たった一枚のページをめくる向こう側に、未知の世界、ドキドキのみらいが無限に広がっている。

これこそが「本」だけが持っているパワーです。

学校の朝の読書に、休み時間に、放課後に……。いつでも、どこでも、すぐに続きを読みたくなるような、魅力に溢れる本をたくさん揃えていきたい。読書がくれる、心がきらきらしたり胸がきゅんとする瞬間を体験してほしい、楽しんでほしい。みらいの日本、そして世界を担うみなさんが、やがて大人になった時、「読書の魅力を初めて知った本」「自分のおこづかいで初めて買った一冊」と思い出してくれるような作品を一所懸命、大切に創っていきたい。

そんないっぱいの想いを込めながら、作家の先生方と一緒に、私たちは素敵な本作りを続けていきます。「みらい文庫」は、無限の宇宙に浮かぶ星のように、夢をたたえ輝きながら、次々と新しく生まれ続けます。

本を持つ、その手の中に、ドキドキするみらい――。

本の宇宙から、自分だけの健やかな空想力を育て、〝みらいの星〟をたくさん見つけてください。

そして、大切なこと、大切な人をきちんと守る、強くて、やさしい大人になってくれることを心から願っています。

2011年　春

集英社みらい文庫編集部